赤川ミカミ
Mikami Akagawa
illust:218
KiNG novels
常識改変が起こった
異世界で
強欲な聖者は
ハーレムをつくる

真面目なサポーター
リーリス

欲しがりお姫様
クィンティー
上級司祭のお嬢様
ユニア

「あっ♥　ん、はぁ……♥」

リーリスが腰を動かしながら、僕を見つめる。
その表情は快楽にとろけており、とてもエロい。

「ジャネイ、あたしも、ん、ちゅっ♥」

ユニアが抱きついて、俺にキスをしてくる。
柔らかな胸の気持ちよさを感じていると、
彼女の舌が侵入してくる。

「あっ、わたくしも、むぎゅー♪」

常識改変が起こった異世界で強欲な聖者はハーレムをつくる

赤川ミカミ

illust：218

KiNG novels

常識改変が起こった異世界で強欲な聖者はハーレムをつくる

contents

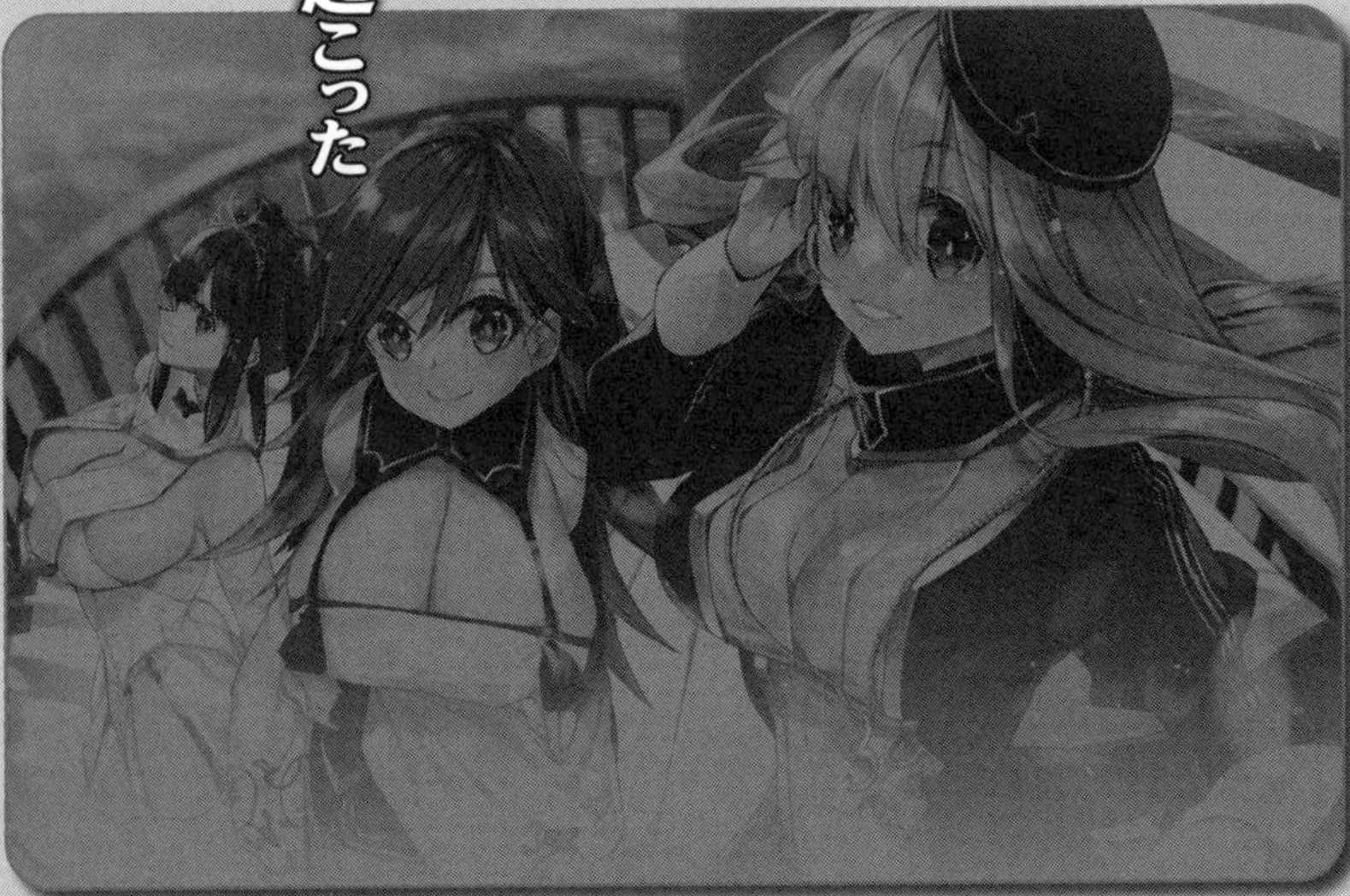

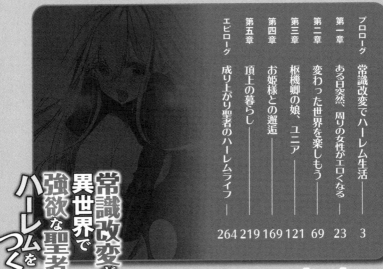

プロローグ　常識改変でハーレム生活

薄暗い寝室の、ベッドの上。

準司祭時代に使っていたものよりも、二倍以上のサイズがある大きなベッド。

かつての自分のままなら、そんな大きいベッドを使うとしたって、ひとりでのびのびと眠るだけ。いくらなんでも持て余していただろう。けれど、今の俺は違った。

「ジャネイさん、お洋服、失礼しますね」

そう言ってズボンに手をかけてきたのは、リーリス。

綺麗な金色の髪を、長く伸した美女だ。

大きくぱっちりとした瞳。優しげな表情を浮かべる、おとなしそうなタイプの美人。

彼女はこの世界の常識が改変されて、環境が激変する以前からずっと、俺の補佐として様々な手助けをしてくれている。

そのころはまだ、あくまで仕事上のことだけで、準司祭とその補佐だったが。

淡い憧れこそあったものの、こんな関係になれるなんて思いもしなかった。

それが今ではこうして、ベッドで過ごすのも当たり前な関係になっている。

「ジャネイ、ちゅ……♥」

リーリスに服を脱がされていると、横から柔らかな唇が触れてきた。

「んっ……」

軽くキスをしながら、すぐ近くで俺を見つめるのはユニアだ。

赤い髪の彼女は、意志の強そうな目を少しとろんとさせて俺を見つめている。

その見た目通りの強気な美人、という感じのユニア。

彼女は枢機卿の娘で、上級司祭だ。

かつての俺にとっては高嶺の花で、噂で評判を聞くだけの、顔を合わせる機会さえないような存在だった。そんな彼女までが、甘えるように懐いてくれている。

「ジャネイのここ、まだおとなしいね♪　そんなおちんちんを、あむっ♪」

「うぉ……」

そうこうする内にすっかり脱がされ、晒《さら》されていた俺の下半身。

美女に囲まれて幸せだとはいえ、まだ刺激も受けておらず臨戦態勢ではなかったペニスが、温かな粘膜に包みこまれる。

三人目の女性である、クィンティーがぱくりと咥えこんでいたのだった。

彼女はつややかな黒髪を、ツインテールにした美少女だ。

いや、見た目こそ美少女だが、実際は美女と言うべきか。

そうは見えないけれど、一応は俺よりも年上だし。

クィンティーは幼い顔立ちをしており、背も低いため、年齢よりも若く見られるタイプだ。

そして性格のほうも、箱入り娘として育ったせいか、屈託なく、まっすぐで明るい。

かわいらしいとも言えるし、やはり性格自体も年齢より若いとも言える。

それもそのはずで、彼女はこの国のお姫様であり、城の中でゆるやかに育っていたのだった。

王位継承権が低いため、貴族や政治のことからは離れ、のびのびと育てられている。

不自由なく育ったものの、やはり外のことを自由に知ることは出来なかったわけで、俺と関係してからは好奇心旺盛に学んでいるようだった。

「ちゅぷっ……れろっ……」

えっちなことにも積極的な彼女は、肉竿をしゃぶりながら、上目遣いにこちらを見た。

そのかわいらしい姿だけでも反則なのに、あどけない雰囲気のままで肉竿を咥えているというのも、背徳的でエロい。

「んむっ、ふふっ……ジャネイのおちんぽ、口の中で大きくなってきた、んぁ……咥えきれなくなっちゃう♥」

そう言いながら顔を上げて、肉竿の先端だけをしゃぶり直す。

「んむっ、ちゅぱっ、れろぉっ♥」

「うぁ……」

その気持ちよさに思わず声を漏らすと、クィンティーは楽しそうに笑みを浮かべたのだった。

「あむっ、じゅぷっ……」

「それならあたしも、ん、ちゅっ♥」

するとユニアも俺の股間へと顔を埋め、肉竿の根元あたりにキスをしてきた。

「れろっ、ちろっ……」

そのまま舌を伸ばして幹の部分を舐めてくる。ふたり分のご奉仕に、俺の期待も高まってしまう。

「あむっ、じゅぷっ……」

「れろっ……ちろ……」

彼女たちは顔を寄せ合い、肉棒を舐めていった。

「ふふっ、では私は後ろから、れろっ♪」

「うわっ……」

リーリスが背後から抱きつき、耳を軽く舐めてきた。

突然の刺激に思わず身体が跳ねてしまう。

「んむっ！　ジャネイってば、かわいい反応したね、じゅぽっ！」

「お耳が弱いなら、今度あたしも責めてみようかしら？」

股間のふたりがチンポを舐めながら俺を見上げた。その光景も、やはりそそるものだ。

「あむっ、じゅるっ、れろっ……」

「れろっ、ちゅぱっ……」

ふたりが熱心にフェラを続けていく。

「ジャネイさん、ちゅぷっ、ぺろっ……！」

リーリスが、改めて耳舐めを始めてきた。

後ろから抱きつかれると、彼女の柔らかなおっぱいが背中に当たっている。

その気持ちよさと、耳へのくすぐったいような刺激。

それだけでも十分な快感だが、より直接的に、肉棒も舐められているのだ。

三人からの愛撫に、俺の気持ちよさは膨らんでいく。

「れろっ、ちゅぱっ……先っぽを、ちゅぷぷっ！」

クィンティーは先端をしゃぶり、カリ裏や亀頭を刺激してくる。

「あむっ……れろっ、ちろ、ぺろぉ……♥」

ユニアは根元を大きく舐め上げていた。

「れろっ、じゅるっ……」

そしてリーリスは、俺の耳を執拗に責めてくる。

「れろっ、ちろっ……じゅぽっ……」

「ぺろっ、ぺろぉ……」

「じゅぷっ、ちろっ……」

亀頭と根元、耳を三人に同時に愛撫されて、気持ちよさが蓄積していく。

「じゅぷっ、ちろっ、れろっ……ジャネイさん、ふー♪」

「うぁ……」

リーリスが耳を舐めながら小さくささやき、ふっと息を吹きかけてきた。

「こうして、耳元でこしょこしょお話しするのって、なんだかゾクゾクしますよね……れろっ、ふー、ふーっ♪」

「ああ……感じすぎちゃうよ」

くすぐったいような気持ちよさ。純粋な性的快楽とは違う、不思議な心地よさだ。

「あむっ、じゅぽっ、れろっ……」

「れろっ、ぺろぉ♥」

けれど今はそれに加えて、ふたりからフェラを受けている。

そちらへの快感が合わさると、性感がより刺激されていくかのようだった。

「おちんぽの先から、れろっ……えっちなお汁、出てきてる♥」

クィンティーがそう言いながら、鈴口をくすぐるように舐めてくる。

「ちろろっ、ぺろっ！」

「この浮きでた血管を、れろろっ……」

ユニアが幹を舐め上げながら、こちらの様子を窺った。フェラご奉仕で射精欲も高まっていく。

「あむっ、じゅぽっ……ちゅぷっ……」

リーリスもあくまで耳を責めてくる。

鼓膜のすぐ近くから響く水音は、肉竿を舐める音をも想像させて、快感を膨らませていく。

「じゅぽっ、ちゅぱっ、ちゅぷっ……♥」

いやらしい水音に、俺の限界が近づいてきた。

「あむっ、じゅぷっ……お耳を舐めながら、れろぉっ……おちんちんぺろぺろされるの、気持ちいいですよね？」

　リーリスが俺の耳元でささやいた。

「れろぉっ、ちゅぱっ……♥　んっ……♥」

　いやらしい水音の隙間にこぼれる、艶めかしい吐息。

「はぁ……♥　ん、ちゅぱっ、れろっ……」

　リーリスは俺の耳をねぶり、誘惑してくる。

「ほらぁ……♥　ジャネイさん、ん、ちゅぱっ……♥」

「それならわたくしはもっと激しく、じゅぽっ、ちゅぷっ、ちゅぱっ！」

　合わせるように、クィンティーは先端を舐めてくる。

「んむっ、じゅぷっ、れろっ……」

「ちゅぱっ、じゅるるっ、れろぉ♥」

　根元から先端までしっかりと、ふたりに舐められていく肉棒。

　その気持ちよさに吐精欲求が高まっている。

　それを感じ取ってか、リーリスが追い打ちをかけてきた。

「ん、はぁ……♥　ジャネイさん、ちゅぱっ……いっぱいきもちよくなって、れろっ♥　せーえき、ぴゅっぴゅしましょう？」

「あぁ……」

　憧れだったリーリスの甘い声。耳元でいやらしくささやかれ、限界が近づいてしまった。

「あむっ、じゅぱっ、れろっ……」

「ん、れろっ♥　ちゅぱっ、ちゅぷっ！」

「あむっ、じゅぽじゅぽっ！　れろっ、ちゅぷっ、ん、ちゅぅ、ちゅぷっ！」

「う、出るっ！」

クィンティーがバキュームを始め、精液がこみ上げてくる。

彼女は追い込みで、そのまま肉竿をしゃぶり、吸いついてきた。

「ん、じゅぷっ、れろれろっ、ちゅぱっ、じゅぷっ、ちゅぅぅぅっ！」

「あぁ……！」

小さなお口に吸いつかれながら、俺は射精した。

「んむっ♥　ん、ちゅうっ……！」

クィンティーは勢いよく出た精液に驚きながらも、肉竿を吸って精液を飲み込んでいく。

「ん、んくっ、ちゅぱっ、ごっくん♪」

喉を鳴らしながら、俺が出した精液を飲みきっていった。

「あふっ♥　ジャネイの濃いせーえき♥　ん、あふっ……」

満足げな彼女の表情は色っぽい。

俺はそのまま、射精の余韻に浸ってノンビリとする。しかしその間にも、彼女たちは動いていた。

「ジャネイさんのおちんちん、まだまだ元気ですね♪」

そう言って、今度はリーリスが俺の股間のほうへと向かう。

肉竿を舐めていたふたりは立ち上がり、すでに離れている。

「ジャネイさん、んっ……」

リーリスは自分の服をはだけさせながら、俺に抱きつくようにした。

「あぅ……ジャネイさんの勃起おちんぽ♥　私の身体に当たってます、ほら……」

そう言って腰を動かすリーリス。彼女の、下着越しの割れ目が肉棒を刺激した。

「ん、あふっ……♥」

そこはもう濡れてきており、愛液がパンツからしみ出している。

エロい姿のリーリスに、俺の欲望はすぐに充填されていく。

「あっ、ん……ジャネイさん、ん、はぁ……♥」

彼女は下着をずらし、そのおまんこをあらわにした。とろっと蜜をこぼすピンク色の割れ目。

薄く開き、肉竿を欲しているその女陰に、肉竿も反り返って応えようとしている。

「あっ……♥　ん、はぁ……」

リーリスは肉竿を掴み、自らの割れ目へと導いていく。

「んぁ……あっ、ん、ふぅっ……♥」

そしてそのまま腰を下ろしたので、俺たちは対面座位で繋がった。

「あふっ、ん、はぁ……」

熱い蜜壺が肉棒を咥えこんで蠢く。

安心感のある気持ちよさに、息を吐いた。

「あふっ、ん、ジャネイさん、あっ、ん、はぁ……」

リーリスが俺に抱きつくようにしながら、受け入れた肉棒を感じてくれている。

「んぁ、はぁ……♥」

俺もその熱くうねる膣襞を感じて、セックスに浸っていく。

するとあとのふたりが戻ってきて、俺の側へと寄り添った。

「ふふっ、リーリスってば、お顔がとろけてますわ」

「あっ♥　ん、はぁ……」

「おちんぽ挿れて、気持ちよさそう」

ふたりは俺の左右へと並び、リーリスを見ながら言った。

「あっ♥　ん、そんな、見ないでください、んぁっ」

ふたりに観察されて、リーリスは恥ずかしそうにした。

しかしおまんこのほうはといえば、喜ぶように締めつけてきている。

「あっ♥　ん、はぁ……♥　ジャネイさん、ん、あぁ……♥」

リーリスが休むことなく腰を動かしながら、うっとりと俺を見つめる。

その表情は快楽にとろけており、とてもエロい。

「あん、ん、はぁ……私の中で、あっ♥　おちんぽ、動いて、んぅっ……」

彼女は艶めかしい声を上げながら、腰を動かしていく。

「ジャネイ、あたしも、ん、ちゅっ♥」

ユニアが抱きついて、俺にキスをしてきた。

その柔らかな胸が押し当てられる気持ちよさを感じていると、彼女の舌が侵入してくる。

「んむっ、れろっ……ちゅっ、んぁ……♥」

彼女の舌が俺の舌を愛撫し、くすぐるように動いてくる。一度離れたときに、ベッド脇の水差しで口をすすいでいたようだ。そのキスは、ほんのりとレモンの香りがした。

「あっ、わたくしも、むぎゅー♪」

そしてクィンティーも、俺に抱きついて甘えてきた。

女の子の柔らかな身体に、全身が包み込まれていく。

「ん、はぁっ♥　あぅっ……」

「ちゅっ、れろっ……♥」

「ぎゅぎゅー♪」

あちこちから女の子に抱きつかれ、その温かさと柔らかさを感じる。

三人とも胸が大きいため、意識のほとんどはそちらに持っていかれてしまった。

「ん、はぁっ♥　あふっ……」

そして肉竿のほうは、リーリスのおまんこに包みこまれ、しごかれていく。

「あぁ、ん、ジャネイさん、ん、はぁ……♥」

蠕動する膣襞の気持ちよさに高められていく。

「あふっ、ん、あぁ……あぁ……！」

対面座位で密着して抱きつきながら、腰を振っていくリーリス。

それだけでも満たされる気持ちよさなのに、さらにユニアとクィンティーが、左右から抱きついてきているのだ。俺はその幸せなハーレムプレイに、身を任せていく。

「ん、おちんぽ、中をいっぱい突いてきて、あぁっ♥」

「ね、ジャネイ……あたしのここも、濡れてきちゃいましたわ……♥」

そう言いながら、ユニアは俺の手を自らの秘所へと導いてくる。

俺は彼女のスカートの中へ手を忍ばせて、その秘められた場所を下着越しになでる。

「んぅっ……♥」

彼女の言葉通り、そこは湿り気を帯びていた。

俺は下着をずらすと、潤んだ割れ目を直接撫で上げる。

「あんっ♥ ん、はぁ……」

くちゅりと水音がして、ユニアが艶めかしい吐息を漏らす。

俺はそのまま、彼女のアソコを指先でいじっていった。

「ん、はぁ、あぁ……」

ユニアがかわいらしく喘いでいる。

それならと、反対の手を今度はクィンティーのほうへと伸ばした。

「んんっ♥ ジャネイ、あっ、んっ♥」

彼女のそこも、もう湿り気しっかりと帯びている。

俺は指先を忍び込ませると、お姫様のおまんこをいじっていく。

「あぁっ……♥　指、ん、はぁ……♥」

色めいた声を漏らし、もっととねだるように俺のほうへと腰を寄せてきた。

「あっ、ん、はぁ、ジャネイさん、ん、ふぅっ♥」

繋がっているリーリスは、さらに大胆に腰を振り、肉棒を刺激してくる。

俺はふたりのおまんこをいじりながら、リーリスの蜜壺を突いてく。

「あぁっ♥　ん、はぁ、もう、イキそうです、ん、はぁっ……♥」

「ああ……こっちも出そうだ」

三人の美女に囲まれ、おっぱいを当てられながら、おまんこをいじっているのだ。

その興奮だけでも、滾ってしまう。その上、うねる膣襞に肉棒を擦り上げられていれば、先程出したとはいえ、耐えきれるはずもなかった。

「んはぁっ♥　あっ、ん、くぅっ……あっあっ♥　イクッ！　ん、はぁっ♥」

リーリスは俺にしがみつくようにしながら、大きく腰を振っていく。

おまんこが吸いつきながら、肉棒をしごき上げてきた。

「んはぁ♥　あっ、んぁ、あっあっあっ♥　もう、イキますっ、ん、はぁ、イク、イクイクッ、イックウウゥウゥッ！」

「うぉ……おおっ！」

どびゅっ、びゅくびゅくっ、びゅるるるっ！

彼女の絶頂おまんこが肉棒を締めつける。その気持ちよさに促されるまま、俺は射精した。

「あぁ♥　ジャネイさんの、熱いの、んぁ♥　私の中にいっぱい、びゅくびゅくでてるっ……♥　ん、はぁ……♥」

彼女は腰の動きを止め、お尻を押しつけながら、そのまま俺の精液を受け止めていく。

絶頂するおまんこが、精液を搾り取るように蠢いていた。

「ん、ふぅっ……♥」

しっかりと中出しを受け止めたリーリスが腰を上げる。

一対一ならここで終わりだが、今日は三人で迫ってきているのだ。

「ジャネイ、んっ、次はあたしの中に、ね？」

そう言いながら、ユニアが俺に抱きつくように押し倒してくる。

彼女の爆乳が、俺の胸板でむにゅんっと柔らかく形を変えた。

「あぁ……♥　ん、ふぅっ……」

仰向けに倒された俺に覆い被さるようにしたユニアが、たった今リーリスに絞られたばかりの肉棒を、自らの膣内へと導いていく。

こんなふうに連続でするなんてことは、以前の俺なら無理だっただろう。しかし、今はこうして女の子たちに求められることが増えて、俺の精力は格段に上がっていたのだった。

「あんっ♥　出してもまだ硬いおちんぽ♥　あたしの中に、ん、はぁ……」

ぬぷり、と肉棒が蜜壺に収められていく。

「あふっ……太いおちんぽ、んぁ、最高ですわ……♥」

そう言って彼女は腰を動かしていく。

「あっ、ん、はぁ……♥」

「ユニア、そんなに動かれると、うぉ……」

彼女は待たされていた分、快感を求めるように腰を振っていく。

こちらはイったばかりなので、亀頭への刺激が強すぎるくらいだ。

「んはぁっ♥ あっ、ん、ふぅっ……おちんぽ、気持ちよくて……んぁ、すぐにでもイってしまいそうですわ……♥」

彼女は爆乳を俺の身体に押しつけながら、腰を蠢かせる。

「ん、はぁ、ああっ……♥」

「わっ、すごい……こちらからだと、繋がってるところが見えるね……すっごくえっち……こんなふうになってるんだ……」

「あっ♥ ん、ふぅっ……♥」

手持ち無沙汰なのか、クィンティーは足下側に回ってそう言った。

確かに、自分たちでしているときは、そこを注視する余裕もないしな……。

特に、こういう姿勢で繋がっているときは、そもそも見えないし。

なんてことをするお姫様だろうか……。どこか冷静に、俺はそう考えていたのだった。

「あっ……や、だめ、ですわ……♥ さすがにそれは、ん、恥ずかしっ……♥」

ユニアは恥じらいを見せるけれど、おまんこのほうはきゅうきゅうと締まった。

やはり見られて感じているのだろう。彼女はより激しく腰を動かしていく。

「んはぁっ♥　あっあっ♥　ん、くぅっ！」

「あぁ……繋がったところが、ずちゅっ、ずちゅってえっちな音を立てて……おちんぽが出たり入ったり……」

「あぁ……だめぇっ♥　そんなこと言われたら、あっ♥　ん、はぁっ……！」

興味津々な様子のクィンティーと、見られて感じているユニア。

羞恥に身もだえつつ、ユニアは盛り上がっていく。

「ああっ♥　ん、はぁっ、あっ、んぅっ……こんな、んぁ、見られながら、あたし、んぁ、イっちゃう……んぁっ♥」

ユニアは昂ぶりのまま、腰を振っていく。

どうやら限界が近いみたいだ。そんな彼女のお尻を、しっかりとつかんだ。

「ん、ああっ♥」

むちっとしたお尻が気持ちいい。俺はそのまま、腰を突き上げていく。

「んはぁっ♥　あっ、ジャネイ、んあぅ！」

突き上げられた彼女は、嬌声をあげていく。

「ああっ♥　おちんぽ、ズンッってきましたわぁ♥　ああっ、ん、はぁっ！」

快感のためか、ユニアの動きは緩慢になっていく。

それを補うかのように、俺は彼女を突き上げ、おまんこをかき回していった。

「んはぁっ♥　あっあっ♥　ん、そんなにされたら、ああっ、イクッ！　んぁっ♥　ん、あふぅ！」

ユニアの嬌声が大きくなり、限界を迎える。

「ああっ♥　もう、ん、はぁっ、イキますわ、ああっ！　んぁ、あうっ♥　んっ、あっ、あぁっ♥　イクッ、んくぅぅぅぅっ！」

ぎゅっと俺に抱きつきながら、ユニアがイった。

「あっ、ん、はぁっ♥」

膣道がぎゅっと収縮し、肉棒を締めつけていく。そんなユニアの中を、さらに刺激していった。

「んああっ♥　あっ、イってるおまんこ、そんなに突かれたら、んぁっ♥　ああっ、気持ちよすぎて、あたし、んぁ、ああっ、んぅぅっ♥」

敏感な絶頂おまんこを突かれ、ユニアがさらにイッた。

「あっ、んはぁ……♥」

連続イキでとろけたユニアは、気持ちよさそうに力を抜いていく。

俺はそんな彼女を支えるようにしながら持ち上げて、ベッドへと寝かせる。

そしてクィンティーへと向き直った。

「ジャネイ、あんっ♥」

最後は自分の思うように動いていこうということで、俺はクィンティーを押し倒した。

ふたりとしているのをずっと見ていた彼女は、期待に満ちた、潤んだ瞳で俺を見つめる。

そんなエロくもかわいいおねだり顔をされると、本能が疼く一方だ。

俺はクィンティーの下着をずらした。

「あぅっ……♥」

すっかりと濡れている、お姫様のおまんこ。

ついこの間まで処女だったというのに、もう肉棒の味を覚えて、いやらしく誘ってきていた。

そんなクィンティーの割れ目に肉棒をあてがう。

くぽっと亀頭を咥えこんだ蜜壺に、そのまま挿入していった。

「んあっ♥　ああっ……おちんぽ、中に、んぅっ♥」

蠕動する膣襞が絡みつく快感に促され、おまんこの中を勢いよく往復していった。

「んっ、あふっ、あんっ♥」

いきなりのそれを受け入れ、かわいらしい声を漏らしていく。

「ジャネイ、ん、あぁっ……！」

しっかりと濡れているおまんこを、最初からハイペースで突いていった。

「あんっ♥　ん、はぁ……すごい、おく、いっぱい突かれて、ん、はぁっ！」

大きく腰を振ってピストンを行っていく。

濡れ濡れおまんこをかき回し、膣襞を擦り上げていく。

「あうっ、ん、はぁ、あんっ♥　あっ、あっ♥」

クィンティーは俺に突かれるまま、小刻みに嬌声をあげている。

「ああっ♥　すごいのぉ……♥　おまんこ、ずんずん突かれて、あっ、んはぁっ！」

「ああ、どんどんいくぞ……！」

俺はぐっと腰を突き出して、彼女を犯していく。

「んはぁっ♥　ああっ、ん、奥まで、んぁ、おちんぽに突かれて、んぁっ♥　中、ん、くぅっ！」

俺はそのまま、ラストスパートをかけていった。

「んはぁっ♥　もう、んぁっ♥　おまんこイクッ！　奥まで突かれて、んぁ、ああっ、イクゥ……！」

彼女もピストンにあわせ、身体を揺らしながら感じていく。

「ああっ♥　んはぁっ、すごいの、んぁっ♥　おまんこイク、おまんこイクッ、あっあっあっ♥　イク、イクウゥウゥウッ！」

「うっ……！」

クィンティーが絶頂を迎え、おまんこがうねりながら締めつける。

貪欲に精液をおねだりするようなその動きに、俺も限界だ。

「んはぁっ♥　あっ、おちんぽ、んぅっ、中で動いて、んはぁっ、あっ、ああっ！」

「う、出すぞ！」

俺はそのまま、姫まんこで気持ちよく射精した。

「んあぁぁぁっ♥　せーえき、んぁっ♥　わたくしの奥に、んぁ、ベチベチあたって、イクッ、ん、んくぅぅぅっ♥」

中出しで再びイったクィンティー。膣襞がうねりながら肉棒を絞り上げていく。

「んはぁ、あぁ……♥」

中出しを受け、とろけた表情で脱力していく。

俺は肉棒を引き抜くと、さすがに体力を使い果たしてしまって、彼女の隣に倒れ込んだ。

「あぅ……お腹の中に、ジャネイの子種を、いっぱい感じる……♥」

そう言いながら、抱きついてくる。

「ああ……」

俺はそんな彼女を抱きしめ返した。

「ジャネイさん」

「あたしたちも、ぎゅー」

「うぉ……三人ともか……」

するとリーリスとユニアも、俺へと抱きついてきた。

女の子たちにぎゅうぎゅうと抱きつかれるのは、温かくて柔らかくて、とても幸せだ。

彼女たちに囲まれながらの日々は、最高だった。

少し前までは考えられなかった、ハーレム生活。

冴えない準司祭の日々が変わったのは、俺だけを取り残して、世界の常識が変わったからだった。

美しい三人に抱きしめられ、幸せなまどろみに包まれながら、俺はぼんやりと、かつてのことを思い出すのだった。

第一章　ある日突然、周りの女性がエロくなる

まだまだ薄暗い早朝も、教会にとっては当たり前の朝の時間だった。

漁師ほど早くはないが、パン職人と同じ頃。そんな時間に毎朝目覚める。

教会の一日は、祈りと掃除から始まる。

朝日を浴びながら伸びをして、俺は今日の担当である、小聖堂とも呼ばれている奥聖堂の掃除へと向かう。

奥聖堂は中庭の奥にある。呼び名のとおりに、比較的こじんまりとした建物だ。

あくまで、この教会内では比較的小さい、というだけだけど。

四人がけの椅子が通路を挟んで左右に八列ずつ並んでいる、立派なものだ。

普通の町ならば、それなりの大きさだと誇ってよい規模だろう。

当然、ここの掃除は俺ひとりに任されるような簡単なものではない。

「おはようございます、ジャネイさん」

「おはよう、リーリス」

俺の姿を見つけ、小走りに駆け寄ってきたのはリーリス。

きれいな金色の髪を伸ばした、かわいらしい女の子だ。

こちらへ走ってくるのに合わせて、その大きな胸が揺れる。

思わずそこに目が引きつけられる誘惑を振りきって、俺は彼女の顔へと視線を戻した。

リーリスは、準司祭である俺に補佐としてついている子だ。

優しくて頑張り屋。

模範的な信徒だといえる。それは最近では、けっこう珍しいことだ。

教義の大本は大昔から変わらないものの、戒律は時代と共にどんどん緩やかになっていき、教会に属する人間でも多くの行為が自由だとされている。

それを逆手にとって——あるいは時代に対応して、ずいぶんと派手に遊ぶ信者も多い。

もちろん公に認められはしないものの、黙認されているような状況だった。

そんな中にあって、彼女は少し古風な、他人には許しを、自らには相応の慎《つつし》みを課すような、まさに理想のシスターだった。

そんな彼女がついてくれるのは、俺にとってはとてもありがたい。

俺自身もいまどきの性格だとは言いがたく——よく言えば真面目、はっきり言うなら消極的な性格をしているからだ。

そんな俺だから、もし補佐についてくれる人が今風の——遊び好きな派手なタイプだと、ペースを合わせるのに苦労しただろう。

もちろん、要領よく上役《うわやく》に覚えてもらい、人間関係だけでひょいっと出世していくなんて人も、そう珍しいものじゃない。

俺の周りにも、そう言った司祭は多かった。

しかし教会というのは、それでもかなりの部分で、真面目であることに優しい。

俺のような人間のことも、それなりには評価してくれる場所だ。

それしか取り柄のないだろう俺も、こうして年月を重ねていくことで準司祭になれたし、これからもその階位を上げていけることだろう。

もちろん、枢機卿などには死ぬまで縁がないだろうけれど……。そこまでを現実的に望んでいるわけではない。

俺はリーリスと共に奥聖堂を進み、そこにいた他の修道士やシスター、準司祭たちと掃除を始める。木製の床にモップがけを行い、椅子や祭壇を拭いていった。

一般的な信徒が祈りに訪れるのは、この奥聖堂ではなく、通りに面している大聖堂のほうだ。

そちらには最大で数百人もの人が集まって、祈りを捧げることができる、国内でも最大の――教会の本拠地と呼ぶにふさわしい立派な聖堂だ。

もちろん、そこは紛れもなく素晴らしい場所で、威厳を感じさせる空間ではある。

けれど俺はそういった、ある種の期待に応えるための、演出された荘厳さを持つ大聖堂よりも、あるがままに美しいこの奥聖堂が好きだった。

大がかりという点では大聖堂に劣るものの、青を基調としたこちらのステンドグラスは、美しいものばかりだ。

今も朝の陽光を受けて、聖堂内を青く照らし始めている。

俺は大好きなその光を見つめてから、掃除を行っていくのだった。


俺を含め、この教会で過ごす人々は、学びと奉仕の日々を送っている。

階梯《かいてい》によって日常的に行うことは変わってくるが、基本的には経典の読み込みをはじめとした学びを、最も重要なこととして扱う場合が多い。

ただ、これは自身の心がけによるもので、ノルマなどが課される類《たぐい》のものではない。

あまりに歪んだ解釈は注意されることもあるが、基本的に経典から何を受け取ったかを表に出す機会も、そうないからだ。

それこそ、階梯を上げるための試験などで問われることがあるくらいだろう。

その質問も、多くは経典の内容そのものについてだ。教えへの解釈という、人によって異なることに重きを置くケースは、今は少ない。

かつてならば、経典を覚えるのはただのスタートラインとされてもいたが、現代では緩くなり、芯となる部分だけが必修とされている。

もちろん、教会の人間として人前に出るにあたっては、引き出しは多いほうがいい。

当然、経典については、一定以上の理解を前提とされるのだから、必須ではなくなったとはいっても、誰もが学んでいる。

司祭以上の先輩が行う勉強会にも参加して、学びと交流を深めていくのだ。

それ以外の活動としては、教会の外に出ての説法や、街の浄化活動などが行われている。

だいたいの場合は、教会がセッティングした場所に赴いて決まったことを行う感じだ。

他には、孤児院の仕事や就労支援、あるいはその一時的な穴埋めという形で行う仕事もある。

時にはそういった仕事に心を引かれ、そのままそちらへと移る者もいる。

改宗についてはさておき、教会を住処《すみか》として生きるか、街へ出るかも自由に変えられるため、神職といっても、構造的には普通の職業の一つだった。

これも、平和な時代が続いたことで、変わっていったことの一つなのだろう。


「ジャネイさんは、今日から、また三日間の礼拝ですか？」

「ああ、そうなんだ。あとを頼むよ」

「はいっ」

掃除を終えた後、俺とリーリスはこのあとの予定について話をした。

準司祭や司祭が、地下の特別礼拝堂に籠もって祈りを捧げる、ということがよく行われている。

明確に誰がやると決まっているわけではなく、基本的には持ち回りの仕事だ。

三日間閉じこもって祈るのは、人によってはかなりの苦行だろう。だからこれは、敬虔さの象徴ではあるものの、避けたいと思う司祭も多いようだった。

要領のいいタイプはそれらを上手くかわしていくものだが、俺は愚直に行っていた。

厳しい礼拝は避け、怒られない範囲で遊び、うまく上に取り入って出世していく……。

そんな彼らのことを、まったく羨《うらや》ましく思わない……といえばやはり嘘になる。

自分がこつこつやっている横で、楽々と出世していくのはまぶしく見えることもあるし、そう言った能力のない自分を残念にも思う。

それに、異性と遊び歩くのだって、人並みに性欲もある男からすれば、羨ましくて当然だろう。

大昔には戒律で禁じられていたものの、今は「あまり派手な遊びは推奨しないが、すべてを禁止にはしない」ということになっている。

建前としては今でも、そこまで乱れてはいない。清廉であることは、常に望ましい。

だが実際のところ、多くの異性と遊び回るとかなら処分を受けるが、一対一のお付き合いならば咎められることはない。

昔のように、聖職者が生涯に愛する人はひとりだけ、などという必要もなく、付き合ったり別れたり……そういう恋愛は普通になっていた。

だから、司祭同士でも恋愛話はけっこう聞こえてくる。しかしそんな中でも、俺は女の子と付き合ったことなどなかった。

一応、まだ修行中の身だし……というのを言い訳にしているけれど。

実際のところは、勇気がないだけだ。

これまで遊んでこなかったため、どうしていいかわからないのもある。

それに、普段が変に真面目なイメージだというのも、足かせになる。

いざ誰かに声をかけたときに、重く受け止められてしまうかも……とか、悪いほうへと思ってしまうのだった。

教会には人は多いものの、ある意味、閉じた集団でもある。恋愛で失敗すれば、すぐに噂になってしまう。そこまで大胆なことをする勇気が、俺にはなかった。

だから日々悶々と、性欲を溜めていくことになってしまうのだ。

いつか——司祭になって生活も落ち着くようになれば、俺にもそういう話が舞い込んでくるのだろうか……？　そんなことを、つい考えてしまう。

「ジャネイさん、頑張ってくださいね♪」

苦行とも言える三日間の礼拝に入る話を聞いて、リーリスは笑顔で言ってくれた。

「うん、ありがとう」

そんな彼女の屈託のない笑顔を見ていると、改めて、俺の補佐についてくれたのがリーリスでよかったと、心から思うのだった。

●

俺はひとりで、地下にある特別礼拝堂へと向かっていった。

そこで三日間、祈りを捧げるのだ。

水分と少量の食料は持ち込むものの、外部との接触は断って、ひたすらに祈りを捧げる。

一部からは過酷だとして避けられがちだが、個人的にはそう嫌いでもなかった。

元々、そこまで人とベタベタ過ごしている訳でもないし、三日くらいそれがなくなったところで、という感じだ。

外界と断絶して祈るというのは、むしろ心が穏やかになる。

外にいると、どうしても刺激が多い。

それに、要領よく出世したり異性と遊んでいるような同僚の姿を、いやでも目にすることになる。

教義から見れば、世俗には誘惑が多い、ということだろう。

後ろめたさはなくても、うらやましさや劣等感は、どうしても感じてしまう。

しかし、籠もって祈るときなら、そこに世間はない。

あるのは俺自身と、この礼拝堂と、祈りの対象である神だけだ。

大昔のことは知らないが、神様が人間の前に姿を現さなくなってすでに数百年が経つという。

祈りは一方的なものだ。

神に届くことや、それで何かが叶えられることを期待する行為ではない。

しかし、ひどく内向きな行為であるからこそ、それは自身への救いともなる。

だから俺は、ひとりで祈るのが好きだった。

器用に生きられない俺は、元々俗世のほうが向いていないのだし。

特別礼拝堂にひとりきり。

教会内でさえ要領よく駆け上る人々への嫉妬も忘れ、俺は祈る。

健やかに過ごせることに感謝しながら。

●

三日間の祈りを終えた俺は、礼拝堂を出る。

地下からの階段を上がっていき、大きな扉を開いた。

「うっ——」

建物内に入ってくる陽光のまぶしさに、目をしばたかせる。

外に出るとさらに日差しは強いだろうから、一度室内に戻ると、少しだけそこで目を慣らすことにした。

椅子に腰掛け、控えめに窓の外へと目を向ける。

大きな教会の建物と、青い空。

隔離されていた地下とは違い、ここに上がってくると、外の喧騒《けんそう》も聞こえてくる。

教会内には聖職者だけでも百人を超える人がいるため、いつでも賑やかだ。

「さて、そろそろいいかな」

華やかな話し声が流れてくるのをぼんやりと聞き、俺は立ち上がる。

三日ぶりの外、といっても、なにかがあるわけでもない。

籠もって祈ることにも、すっかり慣れているしね。

扉を開けると、中庭へと出る。

「あ、ジャネイくん」

するとすぐに声をかけられたので、そちらへと目を向ける。

若いシスターが数人、こちらへと近寄ってきた。

こんなふうに話しかけられるのは珍しいことなので、思わず少し固まってしまう。

仕事の話なら、誰かひとりでいい。なにもみんなで来なくても、と反射的に思ってしまうが、これは俺が慣れていないだけだろう。

そうこうしているうちに、彼女たちに取り囲まれてしまう。

「どうしましたか？」

一応は準司祭である俺は、余裕の態度を心がけて尋ねてみた。

内心では女の子に囲まれて、ちょっとドキドキだけど。

「お祈りをされてたんですね……ってことは、このあとはもう、お暇ですよね？」

この三日間の礼拝は、それなりの苦行に分類されるため、その直後に仕事が入ることはほとんどない。もちろん、何かしら必要であれば、その限りではないのだが……。

「え、ええ……。何かありましたか？」

こうして囲まれた状態で、断れる俺ではないのだった。

まあ、そんなに疲れているわけでもないし、大丈夫ではあるけれど。

「わ、よかったそれなら……」

「うぁっ……」

シスターは急に、俺の腕に抱きつくようにしてきた。

むにゅっ、とかすかな、けれど確かな膨らみが押し当てられる。

「わたしたちと、お勉強会をしませんか？」

そう言って、反対側にも別の子が抱きついてくる。

「え、ええと……」

女の子の柔らかさと甘い匂いに、混乱してしまう。

こういうときの勉強会というのは方便で、それこそ、要領のいい人たちが楽しんでいるようなことを……ということだろう。しかし……。

な、なんで俺に？

残念ながら……もとい、当然ながら、俺はそういうタイプじゃない。

お誘いそのものには興味があるものの、いきなりすぎて裏を疑ってしまう。

知らぬ仲ではないが、これまでは仕事上の事務的なやりとりしかしていなかった彼女たちが、何だって急に、こんなふうに俺を――。

同じ教会の人間同士だし、とんでもない罠ってことはないだろうけれど、素直に受け止めるには不自然すぎる展開だ。

「ジャネイさん！」

そんな俺を見つけたのか、リーリスが近寄ってくる。

正直、助かった。

「ちょっと、みなさん離れてください！」

「えー」

「リーリスってば、硬いんだから」

「ジャネイさんの補佐は私ですっ。この後もお話があるので、離れてください、ほらほらっ！」

「ちぇっ」

「お役目なら、仕方ないかー」

シスターたちはそう言って、しぶしぶと離してくれる。

若干、惜しいと思ってしまう邪念を振り払って、俺はひと心地ついた。

「ジャネイくん、暇があったら声かけてねー♪」

それでもまだ明るく言いながら、シスターたちは離れていった。

「な、なんだったんだ……」

俺はその背を見ながら、思わず呟いた。

「ジャネイさん、大丈夫でしたか？」

「あ、ああ……助かったよ」

そう言いながらリーリスを見ると、心配げな目を俺に向けていた。

まあ俺が、あんなふうに女性にすり寄ってこられることはなかったし、彼女としても何があったのか気になるところなのだろう。

自分自身にもさっぱりわからないのだが。ともあれ、俺たちはひとまず部屋へと戻る。

「ん……？」

その最中も、道行くシスターたちがちらちらと、こちらを見ている気がする。

それに、なぜか教会内にはシスターばかりで、修道士は見かけない。

司祭クラスも、ずいぶん少ないようだが……。

「なんだか――」

人、とくに男性が少ないような……そう口にしようとしたところで、別のシスターたちがずいっとこちらへやって来た。

「ジャネイさん、どちらへ行かれるんですか？」

「お時間ありますか。よろしければこのあと夜まで……」

そんな彼女たちと俺の間に、再びリーリスが割って入る。

「ジャネイさんは、三日間の礼拝を終えて出てきたところです。今日はこのまま休まれるので、下がってください」

「えー……そうなんだ」

「お疲れさまです、ジャネイさん♪　今度は、ご一緒しましょうね」

「あ、ああ……ありがとう……？」

普段とは違う態度の彼女たちに、俺は疑問を浮かべたまま答えた。

準司祭として、軽んじられることなく対応はしてもらっていたけれど、こんな……なんというのだろう、熱のある視線を受けることはこれまでになかった。

俺は地味でおとなしいタイプだし、色っぽい話とは無縁だったからだ。

それが何だって急に……。

「ジャネイさん、大丈夫ですか？」

「ああ、ありがとう」

そう言いながら、俺は続ける。

「だけど、なんだって急に……」

言いながら視線を戻すが、どうにも違和感を拭えない。

なんだろう、何かがずれているような気がする。けれど、その何かが、何であるかはわからない。

違和感の正体を見つけられないまま、部屋に着いてしまう。

「リーリス、ちょっと聞きたいことがあるんだけど」

「はい、なんでしょうか？」

「部屋の中で、話せるかな？」

「はい、わかりました」

そう言って、彼女は素直についてくるのだった。

俺の補佐だということもあって、彼女が部屋に入ることは、まったくないわけじゃない。

もちろん、普通に話をするだけで、それ以上のことがあったことはないが。

お茶を淹れると、ふたりでテーブルに着く。

礼拝堂に籠もっていた三日の間に、何があったのだろうか。

しかしリーリスにしても、声をかけてきたシスターたちにしても、そう切迫したような、困った様子はなかった。普段と違う感じではあるけれど、大問題があったわけでもなさそうだ。とはいえ、これだけはまず聞いておきたい。

「なんだか、妙に男性が減っている気がするけど、気のせいかな？」

俺が尋ねると、彼女はうなずいた。

「いえ、実際に減っています。男性の多くは、男だけの教会や修道院に移ることを希望して、皆さん申請を出しているようです。一昨日ぐらいから、みなさん急に慌てはじめてしまって……。男性司祭様の多くは、一時的にですが教会の外に出てしまいました」

「何だって、急にそんな……」

首をかしげながら言うと、リーリスはちょっと困ったような顔になって言った。

「たしかに、今になって急にというのはその通りなのですが……。やっぱり男性にとっては、女性が多いところで過ごすというのは、いろいろな意味でも難しいですからね。なにかあったのかもしれません」

「うん……？」

彼女の言葉に首をかしげる。しかしリーリスの態度は、いつも通りだった。

また違和感だ。

「複数の女性から強引に関係を迫られると、それが教義にとって大切なことだとはいっても、やっぱり怖いでしょうし」

「………」

リーリスの言っていることは、なんだかおかしい。迫られるというのは、さっきみたいにだろうか？　それも、女性のほうから一方的に？

しかしやはり、彼女にはふざけている様子はなかった。

元々、いたずらや悪ふざけをするタイプでもないし、俺をからかっているわけではなさそうだ。

ちょっと冷静になろう。

何が起こっているかは、まだ正確にはわからない。

しかし、俺が籠もっていた三日の間に、何かが大きくずれている気がする。

状況がわからないだけでなく、そのおかしさが気になるのが俺だけである以上、慎重になっておいたほうがよさそうだ。

そのまま探るように話を続けて、リーリスから情報を聞き出していく。

「そういうものなのかな……」

「そうじゃないんですか？　私は女性だから、男性の司祭様のお気持ちはわからないんですが……。男性はみなさん、消極的ですし……」

「そうか……うん。でも、これは教義にも大切だとあるし……ね」

「はい。女性が積極的に男性を求めることで、世界を繁栄させるのは大切な教えです」

うんうん、まだ確証といえるほどではないが、ぼんやりと見えてきた。

これまでなら相手にもされていなかった俺に、突然シスターたちが迫ってきたのも、そういうことなのだろうか？

「教会の男性たちはそれでも、教義を知った上で入ってきているので、町の人たちよりは女性を受け入れてくれるほうだと思いますけれど……」

「なるほど……」

俺の知っている教義では、いたずらに姦通したりはだめで、浮気心などを起こさず純粋な愛を育むべし、というのが重要だった。これでは、かなり違うということになる。

真剣な付き合いであれば婚前交渉も問題ないし、そう厳しい戒律ではなかったが、それでもここまでではなかった。

しかしどうやら今は、女の子が異性に積極的であることは、教義的にも正しいということらしい。

それからもリーリスに聞いてみたが、むしろ積極的であるべしという教えになっているようだ。

その反動なのか、男性のほうが付き合いに消極的になっているみたいだし。

シスターたちが俺に近づいてきたのも、それならうなずける。

性に開放的となった教義。そして、それを踏まえた上でも教会にいる異性……となれば狙われて当然だ。どれほど淫らでも、教義なのだし、という言い訳もあるしね。

それでも目の前のリーリスは、そんな中でも、これまでとそう変わらないように見える。

ほぼ接点のなかったシスターでさえ、即、俺に迫ってきたことを考えると、リーリスはかなり理性的だということになるのだろうか？

元から彼女は遊んでいるようなタイプではなかったし、取り囲まれた俺を助けてくれたことからも、男性を思いやってくれているのかもしれない。

「ジャネイさんも、気をつけてくださいね」

そう言って、彼女は俺を見つめる。

美人なリーリスにまっすぐに見つめられると、思わずドキリとしてしまった。

「私、ジャネイさんの補佐ができて嬉しいんです。だからジャネイさんまでが他所《よそ》に行かないように……私にできることなら、お助けしますから」

ずいっと身を乗り出すようにそう告げるリーリス。

すぐ近くに彼女の整った顔があるのは緊張するけれど……その優しさは、純粋に嬉しかった。

「ああ、ありがとう」

リーリスの厚意に笑顔で応えると、彼女もそこで近すぎることに気づいたのか、少し顔を赤くして身体を後ろに戻した。

「…………」

ちょっと気まずいような、くすぐったいような空気が流れる。

「と、とりあえず、俺は他の教会に移るつもりはないよ。やっぱり、ここが本拠地だしね」

「よかったです。ゆっくり、休んでくださいね」

そう言って笑みを浮かべるリーリス。

まずは俺にも、考えをまとめる時間が必要だ。

三日間の礼拝の後だということもあり、俺はこのまま休むことにした。

安心したのか、リーリスも近くにある自分の部屋へと戻っていった。

「こんなことになるとはな……」

ベッドの上に寝転びながら考える。

どうやら籠もっている三日間の間に、俺以外の人にとっての常識が変化したらしい。

なんらかの異世界なのか、とも一瞬思ったけれど、男性たちが移動を希望しているのも、ここ数日でのことらしい。となれば、俺が籠もってから起こった意識改変だと考えたほうが、妥当なのだろうか。

なんで俺だけが取り残されたかというのは……おそらく、ひとりきりで地下の特別礼拝堂にいたからだろうな。そのくらいしか思いつかないし。

地下だから作りは頑丈だし、周囲とも断絶されている。

そもそもが、世俗との繋がりを断ち切って祈る場なので、なんらかの力が働いていて、外からの影響を受けにくいのだろう。

「まあ、命に関わるような大変なことじゃなくてよかった、という感じかな」

もちろん大問題かもしれないが、対応が難しいものではない、という意味でだ。

これがもし、筋肉量で地位が変わる世界だったり、全裸が普通の世界とかだったら、もっといろいろと困ったことになっていただろう。

それに比べれば、女性が積極的で、性交渉が推奨される世界というのは、そこまで対応しきれない変化ではないと思う。

「まあ、男にとって不利になることもないしなぁ……」

元から上手く男性を転がしていたような女性にとっては、ライバルが増えてしまって困るだろうけれど、自分も意識改変されているのなら、それを認識することもないのか。

それに、最初から積極的なんだったら、常識が変わっても上手く男性をゲットできそうではある。

「そういう色恋の世界に疎い俺には、よくわからないけどな」

ひとり呟いて、天井を眺めた。

まあ、おそらくは俺だけが取り残されたわけで、みんなは新しい常識に疑問を抱くこともなく、世の中は回っていくのだろう。

俺にしてみても……。

元々、女性に対して積極的になれなかっただけで、近寄ってこられて嫌だってわけじゃないしね。

むしろ、結構嬉しい展開かもしれない。

今日はいきなりだったし、何が起こったのかわからなくて警戒してしまった部分もある。

もう少し様子をみてから、おかしな裏がないのだということがわかれば、これは楽しいかもしれないぞ。

俺が女の子慣れしていたなら、今日の時点でラッキーだと思って、すでに楽しんでいただろう。

「たとえ女性が積極的になっても、俺自身が経験値ゼロだ。上手くは対応しきれないことに、変わりはないいんだけどね……」

まあでも、これからはきっと、女性と話すことが増えるのだろう。

相手のほうが積極的なのだから、経験値を積んでいくことはできそうだ。

そんなふうに気軽に考えて、俺は眠りにつくのだった。

●

それから数日。

俺はおとなしく周囲を観察し、この世界がどうなったのかを自分なりに考えていった。

やはりここは常識改変が行われており、女性がかなり積極的になっているようだった。

そして教義でも性交渉は推奨され、一夫多妻も当たり前になっている。

街中の様子も調べてみたが、どうやらそれ以外には、大きな変化はなさそうだった。

それでも突然の意識改変に伴って、世の中には、少しひずみができているみたいだ。

教会でだって、もちろんこれまでにも、異性とのあれこれというのは存在していた。

恋人同士になっても、結婚までは公然の秘密……くらいの感じで。

元の教義では女性は貞淑なほうがいいとされていたため、誘うのは基本的に男性だ。

だからこそ、俺のようなタイプは目立たずにいたのだが……。

それが、常識とともに教義も変わり、今は女性がとても積極的になっている。

次々に誘っていくことも教義で肯定されており、隠す必要がない。それなのに、男性はなぜか性欲が薄くなり、消極的になっていた。このあたりは少し不思議だが、問題は理由じゃない。

男の性欲がそのままなら、ハーレム状態で喜ばしかっただろうが、性欲がないとなれば大変だ。その気もないのに、教義のためにと女性から誘われ続けているのだから。

そんなわけで、突然に常識が変わったことから、女性に迫られた男性たちは皆、恐れおののいていた。だからこそ、男性だけの修道院に転属を願い出る者が続出したのだ。

反対に女性だけの修道院にいた人たちも、より教義に忠実であろうと転属を希望したので、それもまた困った。話し合いの結果、女性修道院だったところが今度は、男性だけの院になる形で解決したようだ。

そして最終的には、俺がいる教会の女性比率はとても高くなったのだった。

そういった混乱もあったものの……。

仕事上の役割が変わった訳ではないので、世の中は問題なく回っているようだ。

少なくとも、俺に見える範囲はそうだった。

街へ出てみても、お店などは普通にやっているし、流通も滞っていない。

ただ、女性が男性をナンパしたりする光景を目にすることが多くなった。

だが、一夫多妻が推奨されるといっても、やはり常識改変以降の男性は性的なことに向かないみたいで、大勢の女性を連れ歩く男というのは見当たらない。

この状況なのに勿体《もったい》ないが、性欲が薄いのでは仕方がないだろう。

とはいえ、俺もこの光景を受け入れるようになっていった。

どうして変化したのかはわからない。

けれどこの世界でなら、俺はもう少し素直になってみてもいいのかもしれない。

これまでだって、異性に興味はあった。しかしそれをごまかし、司祭を目指している途中だからといった言い訳で自分を納得させていたのだ。

けれど今は、むしろ教義でも推奨されている。

そして女性側も、俺を求めてくれている。

それならば……。この状況に乗っかって、いろんな美女とのいちゃいちゃ――つまりはハーレム生活を目指してみても、いいのかもしれない。

「よし……！」

俺はぐっと拳を握り、決意を固めた。幸いにも、ライバルとなる男はいなそうだ。

常識改変でエロくなった世界で、俺はハーレムをつくると決めた。

●

そんな決意を固めてから、まず最初に。

俺はリーリスと話すことにした。

準司祭としての俺の補佐である彼女とは、一緒に行動することが多い。

今は毎日のように、迫ってくる女性たちから俺を守ってもくれている。

結果として、以前よりも一緒に過ごす時間は増えたかもしれない。

お茶を飲みながら、彼女に話を切り出す。

「リーリス。毎日かばってくれてありがとう。でもこれからは俺も、教義に則って、もう少し女の人と接していこうと思うんだけど……どうだろうか？」

「えっ……」

俺の言葉に、彼女は驚いたように顔を上げた。

そしてこちらを見ながら、心配そうに尋ねてくる。

「それはとても良いことだと思いますけど、……大丈夫なのですか？」

「まあ、少しずつって感じだけどね」

ハーレムをつくる、といったって、俺が急にイケイケになれるわけでもない。

「そうなんですか……でも、無理はしないでくださいね」

「ああ、もちろん」

常識改変がされていない俺からすると、むしろ今はおいしい状況なのだけれど、まったく活かし切れていない。

これまでがこれまでだったからね。

けれど、これからは少しずつこの環境にも慣れて、必ずハーレムをつくるのだ。

環境が俺を後押ししてくれているのだから。

「そうですか……」

そこでリーリスは、ちらちらと窺うように俺を見てきた。

「あ、あの、ジャネイさん」

「うん？」

彼女の小動物的な仕草にかわいさを感じていると、リーリスが切り出してきた。

「その、教義に則る、というお話ですが、お相手は決まっているんですか？」

そう言ってまた、こちらを窺うリーリス。

ちょっと上目遣いなその表情は、反則級にかわいい。

思わず彼女に見とれていると、リーリスが続ける。

「その……、私はジャネイさんの補佐なわけで……その、どうでしょうか？」

そう尋ねてくる彼女は、今すぐにでも抱きしめたくなるほどだ。

まあ、ここで勢いに任せて抱きつける性格なら、もっと早く進展していただろうけれど。

それに彼女が尋ねているのは恋愛としてではなく、まず優先的に受け入れられるのは、補佐としてついている自分ではないか……ということだろう。

それでも、顔を手で隠しながらおねだりするようにこちらを見るリーリスは、とても愛くるしい。

「もちろん、リーリスが嫌でなければね。そう思って、まずリーリスに伝えることにしたんだ」

俺が言うと、彼女は身を乗り出して手を握ってきた。

「嬉しいです！　ジャネイさん……」

小さな手が、きゅっと俺の手を包み込む。

美少女の指のしなやかさと柔らかさに、それだけでドキドキとしてしまう。

「私……初めてですけど、頑張りますね！」

彼女は俺の手を離すと、ぐっと拳を握ってアピールしてくる。

その仕草は、色っぽさとはほど遠いものだった。けれどそんなところも彼女らしくて、愛しさが膨らんでいく。

「ああ……頼むよ」

俺は意を決して、彼女を抱き寄せた。

「んっ♥」

そのまま、こちらへと身体を預けてくるリーリス。

女の子のか細さと柔らかさを感じた。

間近で見る整った顔立ちに引き寄せられるように唇を近づけ、そのままそっとキスをした。

「んっ……」

彼女は目を閉じて俺を受け入れていたが、唇が離れると瞼《まぶた》を開ける。

その瞳はすでに潤んでおり、頬を赤くして俺を見つめていた。

「ジャネイさん、んっ♥」

そして次は、彼女からキスをしてきた。

柔らかな唇と、心地よい吐息。

「ん、ちゅっ……♥」

彼女とこんな関係になれるなんて……。幸せに胸がいっぱいになっていく。

それと同時に、身体のほうは期待して、心臓が驚くほど高鳴っていた。

「ちゅ……れろっ……」

俺は舌を伸ばし、彼女の舌を愛撫する。

「れろっ、んぅっ……♥」

彼女もそれに応え、舌を動かしてきた。ゾクゾクとっした快感が背筋に広がっていく。

舌同士を絡め合い、刺激する。

「んぁ……れろっ、ちゅぱっ……♥」

キスで気持ちが昂ぶるまま、お互いに身体を密着させていく。

「んはぁ……♥　ジャネイさん、んっ……」

彼女はその手を俺の胸に滑らせ、なでてくる。

リーリスの柔らかな手は、そのまま俺の身体を下っていった。

「んっ……♥」

彼女はそこで、俺を見上げる。軽くうなずくと、リーリスの指は俺のズボンへと向かった。

「あぁ……♥　ジャネイさんのここ……」

「うっ……」

彼女はズボン越しに、股間の膨らみをなでてくる。意識だけでなく、行為もかなり積極的になっている。

彼女とのキスでとっくに臨戦態勢になっているそこは、はしたなくズボンを押し上げていた。

「嬉しいです……♥　こんなに……」

彼女はうっとりと言いながら、股間をなで回してくる。

ズボン越しとはいえ、リーリスのような美少女に性器に触れてもらい、刺激されて……。

俺の中で快感がどんどん膨らんでいく。

そして彼女はついに、俺のベルトへと手をかけた。

「わっ……♥」

ベルトを緩めると、下着ごとズボンを脱がしていく。

解放された肉竿がすぐに飛び出し、彼女の視線もそこに釘付けになった。

「逞しいおちんぽ……♥　これがジャネイさんのなんですね……」

彼女はそう言いながら、そそり勃つ肉竿へと手を伸ばしてくる。

こんなリーリスは、元の世界では見られなかったかもしれないな。

「あっ……熱くて、硬いです」

彼女の手が直接ペニスを触り、にぎにぎと刺激してくる。

「芯があるみたいに硬いのに、先っぽは少し柔らかいですね……♥」

彼女の指が、亀頭をくにくにといじってきた。

細い指の刺激に、それだけで高まってしまう。

「血管も浮き出て、とってもえっちなかたち……♥」

「リーリス……」

「こんなにも立派に……ジャネイさんはすごいですね」

リーリスはそう言うと、優しく肉竿をいじってくる。

彼女のような美女とキスをし、さらにチンポをいじられれば勃起するのは当然だが……男性が消極的な今は、そうでもないのかもしれない。男たちが不能に近いから苦労する……という話も、最近になって聞こえてきていた。

「男性に気持ちよくなってもらって、ここを高める術《すべ》も……その、女の子同士のえっちな話で知ってはいますけど……これなら必要なさそうですね」

彼女はガチガチの肉棒を間近で見つめながら言った。

性欲の薄い今の男性だと、勃ったらすぐに挿れるものなのだろうか。

どのみち経験がないので、セックスの作法の違いなどわからないが……。

しかし俺だけは、元のまま。十分に性欲旺盛な男なのだ。

どうせなら、彼女といろいろと楽しみたい。

「いや、俺なら大丈夫だから、その術というのも試してみてくれる？」

リーリスのような美少女が、何をしてくれるのだろうかと期待しながら尋ねる。

そんな俺を見上げたリーリスは、そこににじむ期待を感じ取ってか、笑みを浮かべた。

「ふふっ♪　ジャネイさんはご立派なのですね。女性のためにそこまでなさってくださるなんて」

ただのスケベなお願いを褒められると、なんだか変な感じがするな……。

だが、エロいお願いを受け入れて、褒めてまでくれるリーリスはすごくいい。惚れ直しそうだ。

彼女は再び肉棒へと目を向け、顔を近づける。

「それでは、ご奉仕させていただきますね」

そう言って、彼女は俺の肉竿へと舌を伸ばした。

「れろっ♥」

「あっ……！」

温かな舌がぺろりと亀頭を舐める。その気持ちよさに、思わず声を出してしまった。

これは……フェラチオというやつだろう。とても淫らな行為だと聞いていたが、女の子たちがこんな技を話し合っていたなんて……。

「ジャネイさん、かわいいです……♥ ぺろっ！」

「うぅっ……」

そんな俺の反応は、彼女のスイッチを入れてしまったみたいだ。

リーリスはそのまま、舌を伸ばして肉竿を舐めてくる。

「れろっ、ちろっ……ご立派なおちんぽ♥ ぺろっ」

彼女の舌がぺろぺろと肉竿を舐めていく。温かな舌の気持ちよさはもちろん、シスターが股間に奉仕する、その背徳的な光景も俺を興奮させる。

「ぺろっ。れろぉ……♥」

きれいな顔のリーリスが、ピンク色の舌を伸ばしてチンポを舐めている。

その姿はとてもエロく、眺めているだけで昂ぶってしまう。

「れろっ、ん、それからこうして咥えて……あむっ♥」

「おぉ……」

彼女の口が、ぱくりと肉竿を咥えてきた。

初めて異性の口内に包み込まれたことで、気持ちよさが増していく。

「このまま、ちゅぱっ、れろろろっ！」

「あぁ……！」

彼女は先端を咥えたまま、舌をローリングさせるように動かしてきた。

敏感な先端を舐め回されて、昂ぶりが抑えられなくなっていく。

「ちゅぱっ、ちろろっ！　れろっ、ちゅぷっ！」

「リーリス、それ、ああ……！」

「あはっ♪　気持ちよくなってくれてるんですね♥　それなら、れろっ……もっと頑張っちゃいます♥　ちゅっ、れろれろれろれろっ！」

「う、おぉ……！」

リーリスは宣言通り、さらに積極的にチンポをしゃぶっていった。

「じゅぱっ……れろれろっ！　ちゅぷっ！」

彼女の小さな口が、太い肉竿を刺激する。

「ん、ちゅぱっ、じゅるっ……！」

唇が幹をしごくように動き、舌先が亀頭をくすぐった。

「じゅぷぷっ♥　太いおちんぽ♥　先っぽから、えっちなお汁があふれてきました……♪　ちゅぱっ、ぺろっ♥　もうすぐ……んむっ……子種も出ちゃうんですよね？」

「あぁ……！」

舌先が鈴口を舐め取るように動いてくる。

あふれる我慢汁を吸い取るように動くリーリス。

「ちゅぱっ、ちろっ……ジャネイさんは絶倫みたいなので、一度このままお口で最後までしますね？　ちゅぷっ、れろろろっ！」

「う、ああ……そうして……くれ」

憧れていた彼女の口に責められるまま、高められていく。

俺はもう、限界が近い。

「れろっ、ちゅぷっ、ちゅぱっ……♥」

リーリスのフェラは、エロくて気持ちがいい。そのご奉仕で、俺はもう発射寸前だった。

このままセックスに及んだら、挿れた途端に出してしまいそうだ。

「れろろぉっ！　ちゅぱっ、ちろろっ♥」

「ああ……そろそろ、出る……！」

精液がこみ上げてくるのを感じる。

「んんっ、それじゃ一気に……ちゅぱっ、じゅぽじゅぽっ！」

「リーリス、あぁ……！」

彼女は頭を大きく前後させて、肉棒をしゃぶり尽くしていく。

「じゅぷぷっ、れろっ、ちろっ、じゅぱっ！」

勢いのいいフェラに、俺はされるがままだった。

真面目で清楚なリーリスが、こんなエロいフェラをするなんて……！

最高すぎる！

俺は腰を突き出すようにしながら、彼女に搾り取られていく。

「じゅぽじゅぽっ♥　おちんぽ、反応してます、じゅぷっ、じゅるっ、じゅぶぶっ、じゅぽっ、ちゅううぅぅぅっ♥」

「ああ、出る！」

最後に思い切りバキュームされて、俺は射精した。

「ちゅぅっ♥　ん、んんっ！」

彼女の清純な口内に、精液を吐きだしていく。

リーリスはチンポを咥えたまま、俺の射精を献身的に受け止めていた。

「ん、んくっ、んむぅっ……♥　ちゅぅっ！」

「ああ、今吸われると、うっ！」

リーリスもまた、初めてだと言っていた。それなのに射精直後の肉竿をしっかりと吸われ、精液を吸い取られてしまう。

「んむ、ん、ごっくん♪　あふぅっ……♥　これがジャネイさんのせーえきなんですね……♥　どろどろで、えっちな匂いがします……♥」

精液を飲んでくれた彼女は、そこでようやくチンポを離すと、うっとりと言った。

「ああ……リーリスも、すごかったよ……」

その表情はとても艶めかしく、いつもの彼女とは違う、女の顔だった。

そのかわいらしさで、俺の昂ぶりはもう収まらない。

「リーリス」

「あんっ♥　ジャネイさん、すごいです♥　こんな男性も……いるんですね……」

俺は彼女をベッドへと押し倒した。

そして、汚れなきシスターのその服に手をかけていく。

「あぅっ。なんだか、すごくドキドキします……♥」

「ああ、俺もだ」

はやる気持ちを抑えながら、彼女の服を脱がせていった。

上半身を脱がせると、たゆんっと弾みながら、ブラに包まれたおっぱいが現れる。

「……ごくっ」

思わず、つばを飲み込んでしまう。

普段は露出の少ない服に隠れている、それでもなおサイズがわかる、彼女の大きなおっぱい。

それがブラに包まれただけの姿で、目の前にあるのだ。

深い谷間と、カップの上からはみ出して見える生乳。俺はその双丘に目を奪われてしまう。

「ジャネイさん、んっ♥」

彼女は恥ずかしそうにしながらも、期待に満ちた目で俺を見つめている。

俺はそんな彼女の下着へと手をかけた。

「あっ……♥」

フックを外すと、たゆんっと揺れながら生おっぱいが現れる。

俺は半ば無意識に、そのたわわな果実へと両手を伸ばしていた。

「んぁっ♥」

ふにゅんっと極上の柔らかさが俺の手を受け止める。

おっぱいが俺の指に合わせて、かたちを変えていた。

そのまま楽しむようにおっぱいを揉んでいく。

「あぁっ、ん、はぁっ……♥」

リーリスがこれまでにない甘い声をもらしていき、それも俺を興奮させた。

「あぁ……ん、ふぅっ……♥」

むにゅむにゅとおっぱいを揉んでいく。

感触の気持ちよさと、柔肉の形を変えていくエロさ。

そしてリーリスのあられもない姿と声に、夢中になっていく。

「あぁ、ん、あふっ……ジャネイさんの手、すごくえっちです、あっ♥　ん、私、そんなふうに触られたら、あぁっ……♥」

「リーリス……」

彼女の感じる姿に、俺の手は止まらない。

「あっ♥　ん、はぁっ、あうぅっ……」

「ここ、なんだか立ってきてるね……ほら」

「あんっ！」

双丘の頂点で、つんと尖ってきた乳首をいじってみると、彼女は敏感に反応した。

俺はさらに楽しみたくて、両乳首を指先でいじっていった。

「んはぁっ♥　あっ、ん、乳首、んぁ、そんなにいじられたらっ♥　んはぁ……♥」

「リーリス、すっごいエロいよ」

俺は彼女の反応に興奮し、乳首をさらに責めていく。

指先でつまみ、軽くひねる。

「あっ♥　ん、はぁっ……♥」

ちょっと押してみたり、ひっぱってみたり……。

「ひぅっ♥　ん、ああっ……」

そのたびに彼女がかわいらしく反応してくれて、最高だ。

「あっ♥　ん、はぁっ、ジャネイさん、ん、はぁ……あぁ……♥」

彼女は赤い顔で俺を見上げる。

その物欲しげな表情に、俺はもう我慢できない。

「リーリス、下も、脱がすよ」

「はい……んっ……♥」

俺は彼女のストッキングを脱がしていった。

普段は見られない彼女の生足。白い肌がまぶしく、隠されていることもあって、妙に艶めかしい。

「あっ♥　ん、ふぅっ……」

そのまま脱がせていくと、彼女が残すのはついに最後の一枚だけとなる。

「あぅっ……」

俺はリーリスの下着へと手をかけた。

いよいよ……。

俺の心臓が高鳴る。女の子の……リーリスの、秘められた場所……。

「あぁ……♥」

ゆっくりと下着を下ろしていくと、布地と股間の間に、つーっと糸を引く。

リーリスのアソコはもう濡れており、くちゅりと小さく音を立てていた。

「あふっ……ジャネイさん……」

俺は一糸まとわぬ姿になったリーリスを眺める。

恥ずかしげな表情に、艶めかしい鎖骨。

大きなおっぱいはとても魅力的だ。

そして普段は隠されている細い足。けれど一番気になるのはやはり……。

そんな魅惑の足の間。彼女の、女の子の部分。

「んっ……そんなに見られると、恥ずかしいです……」

ピタリと閉じている、きれいな割れ目。

けれどそこからは愛液があふれており、ぬらぬらといやらしい光を帯びている。

俺は吸い寄せられるように、その割れ目へと手を伸ばした。

「ん、あぁっ……♥」

そのままくぱぁと割れ目を押し開くと、秘められた彼女の内側が見える。

ピンク色のきれいな襞《ひだ》が、何かを求めるように小さく動く。

ふわりとメスのフェロモンが香り、俺の肉棒がいきり立った。

「リーリス……」

俺は吸い寄せられるように顔を近づけて、彼女のアソコをながめた。

「ああっ♥　そんなに、ん、近くは……ダメです……♥　私のアソコ、ん、見られて、うっ、あぁっ……♥」

彼女は恥ずかしそうにしながらも感じているようで、そこからはさらにとろりと愛液があふれてきた。

俺はそんな彼女のおまんこを、指で慎重にいじっていく。

「んはぁっ♥　あっ、ん、あぅっ……♥」

くちゅくちゅといやらしい水音が響いていく。

優しく割れ目をなで上げ、少しだけ指を中に忍ばせる。

そのまま、おまんこを広げるようにして指先でいじっていった。

「んはぁっ♥　あっ、ん、ふぅっ……私の、アソコ、ジャネイさんの指でいじられて、ん、ああっ……ふぅんっ♥」

リーリスはかわいらしく喘いでくれる。

そんな彼女に、俺の興奮も高まっていく一方だった。

こんなエロい姿を見せられて、童貞が我慢できるはずもない。

「ねぇ、リーリス……」

「はい、ジャネイさん、ん、きてください……♥」

彼女そう言って、俺を誘うように足を広げた。

俺は、一度出した後とは思えないほどに滾《たぎ》った肉棒を、彼女の入り口へと押し当てる。

「ああ……♥　ジャネイさんの、ん、熱いおちんぽ♥　私のアソコに、当たってますっ♥　つんつんって、んっ♥」

「うん……。このまま、いくよ？」

「はい……♥」

俺はゆっくりと腰を進めた。

くちゅっ、と音がして、彼女のアソコが押し広げられる。

「あふっ、あっ、中に、ん、はぁ……」

まだほんの少し。先っぽが入っているかどうかというだけなのに、胸の高鳴りがすごい。

肉竿の先端が、ぐっと抵抗を受ける。これが、彼女の処女膜なんだ……。

「んはぁ……♥　あっ、ん……」

俺はリーリスを見ながら、力を入れて腰を進めた。

「んはぁっ！　あっ、んくぅっ！」

肉棒が処女膜を裂いて、そのまま膣道に迎え入れられる。

「あふっ……中っ、すごい、太いのが、ああっ！」

「う、リーリス……」

熱くうねる膣襞が、肉棒を締めつけてくる。

その気持ちよさは、思わず暴発してしまいそうなほどだ。

「あくっ、ん、はぁっ……私の中に、ん、ああっ……！」

初めてのモノを受け入れた彼女は、少し苦しそうだ。

何ものも受け入れたことのない、狭い処女穴を広げているのだから、それも当然なのかもしれない。俺は膣襞の気持ちよさに耐えながら、彼女の中でじっとしていた。

「あふっ……ん、はぁ……あぁ……」

挿れているだけでも気持ちがいい。

先にフェラで抜いてもらっていなければ、やはり挿入だけでイってしまっていただろう。

そのくらいおまんこは刺激が強く、精神的にも昂ぶるものだった。

「はぁ……あぁ……ん、ふぅっ……。ジャネイさん……」

しばらくじっとしていると、落ち着いた彼女が声をかけてくる。

「もう、んっ、動いても大丈夫です……。私のおまんこで、あっ、いっぱい、気持ちよくなってください……んぁ……」

「ああ……ありがとう」

俺は彼女の言葉に従って、ゆっくりと腰を動かしていった。

「んっ、あぁ。中……動いてるの、わかります……」

膣襞がこすれ、大きな快感を生んでいく。

「ジャネイさんの、逞しいおちんぽ……私の中、ああっ、押し広げて、ずり、ずりぃっ……って、擦って、んぅっ♥」

「う、あぁ……」

あまりの気持ちよさに、俺の余裕なんてすぐに溶かされてしまった。

ただただ、おまんこの気持ちよさに浸りながら、腰を動かしていく。

「ん、はぁ、あぁ……♥」

ゆっくりと腰を動かしていくと、彼女の声に色が混じり始めた。

処女穴の締めつけはきつく、しっかりと肉竿を咥えこんでいる。

「あふっ、ん、ジャネイさん、あっ♥　ん、はぁっ……」

膣襞のうごめきが肉棒を刺激してきた。

その気持ちよさを感じながら、またゆっくりと腰を動かしていく。

「あふっ、ん、はぁ、ああっ……♥」

往復のたびに膣襞がこすれ、肉棒を刺激してくる。

「あふっ、ん、はぁっ……♥」

俺はその女体の魅力に夢中になりながら、腰を使っていった。

「あふっ、あぁ、ジャネイさん、ん、ああっ……♥」

「リーリスの中、すごく熱くて、うっ……」

「いっぱい、ん、ああっ♥ ジャネイさんを、感じますっ……♥」

だんだんと感じていく彼女を見つめ、ピストンを繰り返す。初めて同士のセックスは、未知の快感ばかりだった。

「あっ♥ ん、はぁっ……私、ん、ふぅっ！」

「うぉ……」

膣襞がうねり、肉棒を刺激してくる。おまんこって、こんなに柔軟なんだな。

「ああ……。気持ちよさ、あふれてきちゃいますっ♥ ん、はぁっ……」

彼女の中は狭いものの、たっぷりの愛液があるおかげで動けている。

「あっあっ♥ ん、はぁっ……」

リーリスはかわいらしい嬌声をあげながら、肉棒を健気に締めつけてきた。

「私、もう、ああっ♥　気持ちよすぎて、ん、イっちゃいそうです……♥」

「ああ……俺も……」

彼女の言葉に、俺は少しピストンのペースを上げていった。

「あっ♥　ん、はぁっ！　おちんぽがまた、中を、いっぱい、ん、くぅっ♥」

「う、リーリス……」

俺にも限界が近づき、意識が快感に塗りつぶされていく。

「あっあっ♥　そんなに、んぁっ♥　こすりあげられたらぁっ♥　ん、はぁっ！」

彼女の声が一段高くなり、膣道もきゅっと締まる。

俺はそのまま、抽送を行っていった。

「んはぁっ！　あっ、ん、はぁっ♥　もう、イクッ！　ん、ああっ！」

「リーリス、う、あぁ……！」

快感に身を任せ、腰を振っていった。

「あっあっあっ♥　もう、だめっ！　気持ちよすぎて、あっ♥　すごいの、きちゃいますっ♥　こんなの、あっ、あああっ！」

リーリスも快感に乱れ、どんどんと上り詰めていった。

「んはぁっ！　あっ、もう、だめぇっ♥　イクッ！　あっあっあっ♥　んぁ、イクイクッ、イックウウゥゥウッ！」

「う、ああ……！」

どびゅっ！　びゅくびゅくっ、びゅるるるるるるるっ！

彼女が絶頂するのに合わせて、俺も射精した。

「んはぁぁぁっ♥　あぁっ！　中で、熱いの、びゅくびゅく出てますっ♥　これ、ああっ……！　すごいです、ん、はぁっ♥」

「う、リーリス、あぁ……！　おまんこも……すごいよ」

射精中の肉棒が、絶頂おまんこに締め上げられていく。

人生初の中出しは、想像以上の快感だった。こんなにもキツいのに、亀頭で触れるすべての部分が気持ちいい。どこまでも深い秘穴の奥へと、すべて吸い取られてしまいそうだ。

うねる膣襞に促されるまま、俺は余さず精液を吐き出していった。

「ああっ♥　ジャネイさんの、んぁ、子種が……私のおまんこに、いっぱい注がれてますっ……♥　あふぅっ……♥」

うっとりと呟く彼女。

そんなとろんとした様子のリーリスだが、彼女の秘穴はまだしっかりと肉棒を咥えこみ、まだまだ俺を搾り取ってくる。

肉棒をとろかされてしまいそうな気持ちよさだ。

「あふっ……♥　ん、はぁっ……あんっ♥」

そんな最高の射精を終えると、肉棒を引き抜いた。

ちょっとした動きでも粘膜が擦れ合い、彼女がかわいらしい声を漏らした。

「ジャネイさん……」

彼女はうっとりとしたまま、甘えるように手を伸ばしてきた。

俺はそんなリーリスを抱きしめる。

「んっ……♥」

そのままぎゅっと抱きついてくるリーリス。

子作り行為後の火照った身体と、おっぱいの柔らかさ。

それを感じながら、幸せな気持ちに包まれていた。

「幸せすぎて、このまま溶けちゃいそうです……♥」

そんなふうに言うリーリスに、改めて愛しさがこみ上げる。

思いがけない初体験。それは教義抜きにも素晴らしかった。

俺たちはしばらくそのまま、しっかりと抱き合っていたのだった。

第二章　変わった世界を楽しもう

　リーリスと身体を重ねてからは、俺もこれまでよりずっと積極的になり、改変されたこの世界での教義を受け入れていくことにした。

　新しい世界では、産めよ増やせよ地に満ちよというかのように、女性の性欲が増して積極的になったのに加え、一夫多妻も推奨されている。

　男性はひとりで何人でも孕ませられるので、そのほうが効率がいい、ということのようだ。

　そんなわけで俺は教義に乗っ取り、リーリスを中心にしつつも、他のシスターとも身体を重ね、ハーレムな暮らしを楽しんでいるのだった。

　常識が変わったのと同時に、異性への独占欲という考え方自体が存在しなくなったようで、そうしてあちこちでいちゃついていても、悪く思われることはまったくない。

　そもそも今の教会には、性に奔放であれ、という教えの元に集まっているわけだしね。

　そんなふうに半ば欲望のまま、誘われるままに手を出していた俺だけれど、それは今の教義からすれば推奨されること。

　しかもなぜか、他の男性ではあまりできないことになっているのだ。

　そこのところは矛盾しているように思うが、俺には都合が良い。教義だからとがんばってはいるが、教会内でも俺のように振る舞える男は、そうそういなかった。

結果として俺は、最も教義に忠実な信徒であり、女性からも目立ち、上司の覚えもいい存在になっていた。ただひたすらに、エロく迫ってくる女の子たちとえっちしていただけなのに、どんどんと評価されていったのだ。

そして俺はついに、司祭へと昇進した。元々試験は受けるつもりで勉強していたので、教義が変わった部分もあったとはいえ、無事合格することができた。

前の世界では要領がよくなかったこともあり、実績みたいなものが足りていなかったのだ。

だから試験を受けるにも自信がなく……普通に合格点くらいではまだ昇進は厳しい、という状態だった。

それが今回のことで実績も足り、しかも上からの推薦まで付いた状態で試験に臨むことができた。

俺の評価は、さらに上がっていたのだ。

常識改変で思いもよらない高評価を得たことも幸運だけれど、これまでに要領悪いながらもやっていた地味なことまで合わせて評価されたので、胸が熱くなった。

俺はこれからも頑張っていこうと、そう思うのだった。

●

そんな俺に、変わらず尽くしてくれているリーリス。

いろんな女の子とエッチなことをしたけれど、一緒にいて、最も身体を重ねているのはやはり彼女だった。

最初から気になっていた女の子だ。今の世界の恋愛の範疇でももちろん好きなのだけれど、元の世界でいうところの「好き」の一番は、やっぱりリーリスだ。

「ジャネイさん♪」

そんな彼女が俺に抱きつき、軽く背伸びをしてキスをしてきた。今のリーリスは、毎日、とにかくかわいすぎる。

「ん、ちゅ……♥」

キスを交わすと自然に、そのままベッドへと向かっていく。

「ん、ちゅっ……れろっ♥」

舌を絡め、互いの体液を交換し合う。身体を求め合うことは、当たり前の行為だった。

「ジャネイさん、ん、ちゅっ……♥」

彼女は積極的にキスをしてきて、舌を伸ばしてくる。

そんなえっちな姿に、俺は昂ぶっていった。

「ん、れろっ……んぁ……♥　ジャネイさん」

彼女の手が、早くも下へと動いていく。

「ここ、もう大きくなってますね♪」

そして俺の股間を、優しくなでてくる。あの清楚なリーリスが、こんなに変わるなんて。

「ほらぁ……ズボンの上からでも、んっ……おちんちん、硬くなってます♪」

ズボン越しに、彼女の手がにぎにぎと肉棒をいじってくる。これが常識になったとはいえ、あまりに大胆だ。その気持ちよさに、思わず腰を引きそうになった。

「あんっ、逃げようとしちゃダメです……♥　こんなにおちんちん大きくして……もっと気持ちよくなっちゃいましょう？」

そう言って、彼女は肉竿をいじってくる。

「ん、ズボン中に、手を忍ばせて……」

「うっ……」

リーリスはそのまま俺のズボンへと手を入れ、下着の中に手を進入させてくる。

窮屈ななかでも探り当て、肉竿をきゅっと握った。

「あんっ♥　硬くて熱いおちんぽ……♥　服の中だと、苦しそうですよ……？　ほら、にぎにぎ、きゅっきゅっ」

彼女の手にいじられると、どうしても声が漏れてしまう。

「ふふっ……ガチガチのおちんちん、外に出してあげますね、んっ……♥」

彼女は俺のズボンに手をかけて、そのまま下ろしていく。そして下着も脱がし、肉竿を解放した。

「あぁ、おちんちん、びょんって飛び出してきました♪」

楽しそうに言うと、改めて肉棒をいじってくる。

「さすさす……いつ見ても、立派なおちんぽですね♥」

彼女は肉竿をいじり、俺を見上げてくる。

「今日は、んっ、私のおっぱいで、おちんぽを気持ちよくしますね……♥」

そう言って、リーリスは上を脱いでいく。

「ん、しょっ……」

露出は少ないものの、服の上からでもはっきりと大きさがわかるおっぱい。

それがぶるんっと揺れながら現れる。

ここに来た時点でブラをしていなかったようで、上着を脱ぐとすぐに生のおっぱいだった。

「おおぉ……」

その光景に思わず声が出て、ついつい目を奪われてしまう。

「んっ、ジャネイさん、おっぱい大好きですものね」

「うん……そうだね」

男なら誰だって好きだろう。いや、もしかすると、今の世界ではそんなこともないのだろうか。

「ん、しょっ……」

大きなおっぱいをアピールするように、自分の手で持ち上げる。

そしてそのまま、俺のほうへと身を寄せてきた。

「ジャネイさんの、逞しいおちんぽを、こうして……んんっ♥」

彼女はその巨乳で、肉竿を挟み込んだ。

「おぉ……いい感じ」

ふにゅんっと肉竿が柔らかく包み込まれる。

「あっ、おちんぽ、すっごく熱いですね……♥」

そう言って軽く身体を動かすリーリス。おっぱいがむにゅむにゅと肉棒を刺激してくる。

「これは……なかなかいいな」

その柔らかさ、温かさも心地よいものだし、大きなおっぱいがチンポを挟んでいる光景もエロくて最高だ。最近はシスターたちの間で、性技を教えあっているらしい。その成果は、すばらしいものだった。

「ん、しょっ……」

彼女は両側から、肉棒におっぱいを押しつけてくる。

「うぉ……すごいな」

むにゅっと迫る双丘が、肉竿をすっぽりと包み込んだ。

「ん、しょっ……このまま、おっぱいでおちんぽを……こうして♥」

彼女は胸をさらに寄せるようにしながら動かしていく。

「あぁ……リーリス……」

柔らかおっぱいが、肉竿を刺激してくる。

「ん、しょっ……むにゅむにゅー、ぎゅっぎゅっ」

「リーリス、それ、あぁ……」

「おっぱい、気持ちいいですか？」

肉竿を柔らかく刺激しながら、彼女は上目遣いで尋ねてきた。

その視線も破壊力抜群で、俺の欲望が高まっていく。

「ああ、すごくいい……」

「あはっ、よかったです♪」

そう言って、彼女はまたおっぱいで肉竿を挟み込んでいく。

「私のおっぱいで、いーっぱい感じてくださいね♥」

嬉しそうにしながら、さらにその巨乳を駆使してきたのだった。

「ん、しょっ……えいっ、えいっ♥」

「あぁ……たまらないよ」

エッチなことに抵抗がなくなっているとはいえ、リーリスはなぜか俺以外に対しては、これまでと変わらない態度らしい。優しくて清楚、真面目で頑張り屋ないつものリーリスだ。

そんな彼女が、こうしてパイズリをしている姿というのは、なんだか背徳感すらある。

「ふっ、ん、はぁ……♥」

エロい吐息を漏らしながら、肉竿を刺激していくリーリス。

たわわなおっぱいが柔らかく揺れ、気持ちよさを送り込んでくる。

「もう少し大胆に動くためには……ジャネイ様、失礼しますね」

そう言って、彼女が口を大きく開ける。

「れおぉ♥」

そうして、谷間から飛び出た亀頭を舐めてきた。

「ん、ちゅっ……♥　唾液で濡らすように、ぺろっ、ちゅぱっ♥」

「リーリス、それも……学んだのか？」

「あはっ♥　おちんぽ、ぴくんって反応しました♪」

彼女は水気を多くしながら、亀頭をどんどん舐めてくる。

その気持ちよさに思わず声を漏らすと、彼女は楽しそうに続けていく。

「ちゅぱっ、れろっ、ちゅぷっ♥　こうして、おちんちんをぬるぬるにして……れろぉ。ちゅぱ！」

「う、あぁ……先端ばかりそんなにしゃぶられると、うぅ……」

「先っぽ、敏感なんですね♪　ぬるぬるのおちんちん、すっごくえっちです……♥　ちゅぱっ、れろぉっ……♥」

「くうぅ……気持ちいぃよ」

リーリスに舐められ、しゃぶられてすっかりと濡れた肉竿へと、次々に快感が送り込まれてくる。

「これなら、もう大丈夫そうですね……ん、もっと大胆に動いても、ん、しょっ♥」

リーリスはその大きなおっぱいを、上下に動かしていった。

柔らかなおっぱいが、たぷんたぷんと肉棒をしごき上げていく。

「ん、しょっ……ふぅ、んっ……！」

心地よい乳圧を感じながら、肉竿がしごかれていくのは最高だ。

「こうして、んっ、おちんぽをしごくと、あぁ……おっぱいの中で、硬いのが、にゅるにゅる動いてて、あっ♥　ん、ふぅ……」

動かしているリーリスのほうもエロい声をだして、さらに俺の興奮を煽ってくる。

大きなおっぱいに気持ちよくしごかれ、むにゅむにゅと形を変える双丘のビジュアルも素晴らしい。さらにエロい声まで出されては、俺の限界もすぐに来てしまう。

「リーリス、あぁ……」

「ん、おちんぽ♥　おっぱいをぐいぐい押し返してきます……。逞しいおちんぽ♥　そのまま私のおっぱいで、んっ♥　気持ちよくなってください……！」

「あっ……いいぞ！」

彼女はパイズリのペースを上げて、肉棒を射精へと導いていく。

「んっんっ♥　ふうっ、しょっ、あぁ……♥　太いおちんぽ、おっぱいの中で暴れて、あっ♥　ん、ふぅっ、えいっ！」

「あぁ……リーリス、もう出るっ！」

「あっ♥　ん、いいですよ……そのまま、おっぱいで、あんっ♥　せーえき、びゅーびゅー出してください っ♥」

大胆に巨乳を動かし、肉棒をしごいてくるリーリス。その快感で、精液がせり上がってくる。

「ん、しょっ、おちんぽ、イってくださいっ♪　えいえいっ♥　出して、出して！」

「う、あぁ……！」

柔らか巨乳にむにゅっとしごき上げられて、俺は射精した。

「あんっ♥　すっごい勢いで、精液、飛び出してます♥」

谷間から飛び出た精液が、彼女の顔と胸をよごしていく。

「んぁ……どろどろのせーえき♥　こんなにいっぱい……」

リーリスはうっとりとしながら、素肌でそれを受け止めていった。

「あぁ……気持ちよかった……」

俺は射精の余韻に浸りながら、そのまま寝そべっている。

彼女は乳圧から肉竿を解放すると、飛び出た精液を片付けていく。

「れろっ♥　ん、えっちな味……子種が……もったいないです……」

その一部を、わざわざ舐め取る姿がエロい。教義からしても、できるだけ体内に取り入れるのが良いとされていた。

「おっぱいで気持ちよくなっても、元気なままのおちんちん……ですね♥」

リーリスはそんな俺の肉棒を、さすさすといじっていた。

優しいその手つきは心地よく、それでいて射精後の敏感な肉竿には十分な刺激でもあった。

そんなふうにいじられていれば、勃起が収まるはずもなく……。

「ね、ジャネイさん……」

彼女は潤んだ瞳を俺に向ける。

「私のここ、もうジャネイさんのおちんぽが欲しくて、こんなに濡れちゃってます……」

そう言って、彼女は服の裾をまくり上げるようしにしながら軽く足も広げ、おまんこを俺に見せてきた。ショーツはすでに穿いていないようだ。

恥ずかしそうな様子ではあるが、彼女のそこはもうとろっとろに濡れており、肉竿を求めているのがわかる。

「次は私のここで、ジャネイさんのおちんぽ、気持ちよくしますね？」

「ああ、もちろん」

「私のおまんこにも、いっぱい出してくださいね♪」

そんなエロいことを言いながら、彼女は俺の上に跨がってきた。

濡れた割れ目が、薄く口を開いている。

愛液とフェロモンをあふれさせ、男を誘うその魅惑の花園。

ゆっくりと腰を下ろし、足を開いていくのに合わせて、そこも花開いていく。

「あぁ……」

思わず俺も声が漏れる。すると同時に、肉竿がぴくんと反応してしまう。

チンポを受け入れたがっている、女の子のおまんこ。

そんなものを目にして、滾らないはずがなかった。

「ジャネイさん、んっ……♥」

彼女の手が、俺の肉竿をつかむ。そして自らの膣口へと、誘導していった。

「んっ、はぁ、ああっ……♥」

彼女はゆっくりと腰を下ろし、肉棒を熱いおまんこに受け入れていく。

「んはぁっ♥　あっ、ん、中……んぅっ……！」

リーリスが腰を下ろすにつれ、ぬぷりと肉棒が飲み込まれていく。

熱くうねる膣襞が、すぐに亀頭に絡みついてきた。

「あっ……♥　ん、ふぅっ……」

もう十分に濡れていたため、おまんこはスムーズに肉棒を受け入れていく。

「あっ♥　んぅっ！」

それでいて一度迎え入れると、しっかりと締めつけ、咥えこんで放さない。

「あふっ、ん、はぁ……♥」

腰を下ろしきった彼女が、潤んだ瞳で俺を見下ろす。

その表情はエロく、優しげないつもとは違う魅力がある。

「おちんぽ、ぜんぶ入っちゃいました……♥」

「ああ……リーリスの中、気持ちいいよ」

「私も、ん、ジャネイさんのおちんぽが入ってるの、すごく気持ちがいいです……♥」

嬉しそうにしてくれる彼女に、心が満たされていく。そんな幸せを感じている間にも、蠕動する膣襞がしっかりと肉棒を刺激して、俺の欲望をくすぐっていくのだった。

「ん、動きますね……ふぅっ、あぁっ……」

彼女はゆっくりと腰を動かし始める。

「ん、ああっ♥　あふっ」

膣襞が肉棒をしごき上げ、快感を送り込んでくる。

「こうして、ん、前後にも動くと、ああっ……♥　私の中、んぁ♥　ジャネイさんのおちんぽに広げられて、んぅっ！」

グラインドするように腰を動かすリーリス。

上下運動とは違う、むずむずとするような刺激が心地いい。

「あふっ、ん、はぁっ……あぁ……♥」

彼女はそのまま、緩やかに腰を振っていった。

「んぁっ、ん、はぁっ……ジャネイさん、ん、はぁっ……ああっ！」

快感が膨らむにつれて、そのペースが少し上がる。

「あぁ、ん、はぁっ、ああっ！」

蜜壺が肉棒を咥えこんで、快感を膨らませていく。

「あふっ、ん、はぁ、ああっ……♥」

俺の上で、リーリスがリズミカルに腰を振っていく。

「んはぁ、あっ♥　ん、ジャネイさんの、おちんちんが、あっ♥　んっ！」

膣襞が肉棒を擦り上げ、快楽を送りこんでくる。

「あぁっ、ん、はぁっ、あふっ！」

かわいらしい嬌声を漏らしながら、彼女はペースをさらに上げていった。

俺の上で大胆に腰を振っていくリーリス。

シスターのその淫らな姿は、眺めているだけでも興奮してしまう。

「あっ♥　ん、ああ、ん、あふっ♥」

それに加えて、当然のようにおまんこは肉棒に快感を送り込み続ける。

震える襞が肉竿を擦りあげ、膣道がきゅうきゅうと俺を締めつけていた。

「あぁ♥　ん、はぁっ！　あぁ、んぅっ……！」

清楚な彼女が俺の上で弾むように腰を振るのが、淫らでたまらない。その腰ふりに合わせて、大きなおっぱいも揺れていくが、その双球はまだ俺の精液で汚れたままだ。

「あぁっ♥　ん、はぁ、あ、ん、うぅっ……！」

先程まで、このたわわな柔肉に肉棒を挟み込まれていたのだ。

エロく揺れるおっぱいを見ていると、その興奮もよみがえってくるようだった。

「んはぁっ♥　あっ、ん、くぅっ、ああっ！」

大きく嬌声を上げた彼女の身体に、ぐっと力がこもる。

蜜壺がしっかりと肉棒を咥えこみ、絞り上げてくるのを感じた。

「ジャネイさん、そろそろ、ん、あっあっ♥　んはぁっ！」

快感が大きくなるにつれて、彼女のピストンも大胆になっていく。

蠢動する膣襞が、肉棒を締めつけながら擦り上げる。

「ああっ♥　私、ん、はぁっ……気持ちよすぎて、ああっ♥　すごくえっちになっちゃいますっ♥

ん、ああっ！」

「ああ……感じながら腰を振ってるリーリス……俺に射精させたいリーリスは、エロくてすごくいいよ。そんなに子種が欲しいんだね」

「んはぁっ♥　そんなふうに言われたら、あっ♥　お腹の奥、キュンキュンして、ああっ！」

「うぉ……！」

言葉通りに反応して、おまんこがさらに肉棒を締めつけてくる。

かわいらしくもエロい彼女の姿に、俺の興奮も膨らんでいく。今度こそ、胸ではなくおまんこの奥に……彼女の子宮へと精を注ぎ込むのだ。そう思うだけで、興奮は最高潮になった。

「あぁっ、ん、はぁっ……♥　私、あっ、もう、イキそうですっ……ん、はぁっ、ジャネイさん、んぁ、ああっ！」

大きく腰を振りながら、リーリスが言った。

「ああ、いいよ。そのままイってくれ」

俺の上で快感のままに腰を振る、彼女のエロい姿を楽しみながら答える。

「んはぁっ！　あっ、ん、このまま、ふぅっ、ん、あっあっあっ♥」

リーリスは気持ちよさそうに動き続け、上り詰めていくようだった。

「あぁっ♥　おまんこイクッ！　んぁ、ああっ、あふっ、ん、はぁっ♥」

とろけた表情の彼女が、こちらを見ながらさらにペースを上げていった。

「ジャネイさん、んぁ♥　あっ、もう、私、んはぁっ、イクッ！　あぁっ、気持ちよすぎて、イクッ、イクッ、んくぅぅぅぅっ♥」

びくんと身体を跳ねさせながら、リーリスがイった。

「あふっ、んはぁっ、ああっ♥　ジャネイさんも、ん、はぁ……♥　おねがい……だしてぇ……♥」

彼女はイったあとも、お尻を俺に擦りつけながら、緩く腰を蠢かせていた。

それは快感の余韻に浸ってのことなのだろうが、精液を求める動きはとてもいやらしい。

ヒクヒクと震える襞が、肉棒を擦り上げていく。

絶頂する締めつけの気持ちよさに、いよいよ俺も射精欲がこみ上げてくる。

その欲望を、もう抑えられそうにない。

俺は彼女の細い腰をつかんだ。

「ジャネイさん？　んはぁっ♥」

そして快感を求めるまま、彼女を突き上げていった。

「んはぁっ♥　あっ、ん、あぁっ！」

奥をどすんと突き上げられた彼女が、あられもない嬌声を上げる。

「ああっ♥　イっちゃったおまんこ♥　まだ……そんなふうに突き上げられたら、ああっ！　気持ちよすぎて、へんになりますぅっ……♥」

そう言いながらも、彼女の蜜壺はしっかりと肉棒を咥えこみ、むしろもっと快感をねだっているようだった。俺はそんな彼女を見て、容赦なくズンズンと突き上げていく。

「んはぁっ♥　あっあっ♥　だめぇっ！　んぁ、ああっ！　イクッ！　またイクッ！　あっあっあっ♥　んはぁ、ああっ！」

うねる膣襞に絞り上げられ、俺も限界が近づく。

そのまま昂ぶりに任せて、腰を突き上げていった。

「んはぁっ♥　あ、中っ♥　かき回されて、イクッ！　あっあっ、んはぁっ、ああっ！　イクイクッ！　んぁっ♥」

「出すぞ……！」

どびゅっ！　びゅるるるるるっ！

俺は最後に思いきり腰を突き上げると、彼女の膣内で射精した。

「イックウウゥウゥッ！」

「うぉ……おおお！」

中出しを受けて、リーリスが再び絶頂を迎える。一度は弛緩していた膣内が、また一段と強く俺を締めつけてくる。

射精中の肉棒が、うねる膣襞にさらに絞り上げられていった。

「ああっ♥　中ぁ、出てます……熱いの、びゅくびゅくっ、んあ♥」

きゅうきゅうと吸いついてくる膣襞に促されるまま、俺はその膣内に余すことなく精液を注ぎ込んでいった。懐《なつ》いてくれる美少女への生射精の気持ちよさ。それは、癒やしも快感も格別だった。

「あぁ……ん、はぁ……♥」

リーリスも恍惚とした様子で、艶めかしい吐息を漏らしていた。

中出し射精ですっかりと搾り取られた俺は、そのまま脱力していく。

「ジャネイさん……♥」

彼女は腰を上げて肉棒を引き抜くと、そのまま俺の横に倒れ込んできた。

「あふっ……すごかったです……私の中に、いっぱい……」

そう言って自らのお腹をなでるリーリス。

密かに、ずっと憧れていた美少女の子宮に……。リーリスの白いお腹にたっぷりと精液を注いだのだと思うと、なんだかその仕草もエロく感じられた。

「んっ……♥　あ……ジャネイさん……♥」

俺は彼女を抱き寄せる。

温かく柔らかなリーリスの身体を感じながら、まどろんでいくのだった。

●

教会内を歩いていると、視線を感じることが増えていた。

男自体が少なくなったのが大きいだろうな。今では俺は、男性司祭としては珍しく教義に忠実で、異性にも積極的だということで、かなり目立ち始めている。

「ジャネイ様っ……あっ」

そんな視線のなかから、ひとりのシスターが飛び出してきたのだが、勢い余ってつまずいてしまったようだ。

「大丈夫？」

俺はそんな彼女を、抱き留めるように支えた。

細い腰を感じると共に、むにゅっと膨らみが押しつけられる。

「あ……はい……♥」

以前なら、不可抗力とはいえシスターの胸の感触を味わうのは危うい状況だっただろうが、今ではそういった気まずさはない。

むしろ逆だ。助けられたことよりも、男性の身体に触れたことに意識が向かい、彼女はどこかぽーっとしてしまっている。

胸が俺に当たっていることに気づいていないのか……いや、気づいていても、むしろ向こうが喜ぶ、みたいなことが今の常識なのだった。

「あ、ありがとうございます……」

少しうっとりとしながら、俺を上目遣いに見るシスター。

そんな仕草には、俺のほうも顔が赤くなってしまいそうだ。

「あ、あの、ジャネイ様……わたしにもご指導をお願いしますっ」

精一杯の勇気、といった様子の女の子はとてもかわいい。

そんなふうにおねだりされては、俺も応えないわけにはいかない。

ご指導というのは、もちろん教義に則った——つまりは子作りセックスだ。

「ああ、いいよ」

「あ、ありがとうございますっ♥」

彼女は顔を赤くしながら、嬉しそうにした。

女の子のほうからえっちをおねだりされて、しかも承諾すると喜んでもらえる。

それだけでも最高の世界だろう。

しかも、それが教義に合致しているのだから、セックスするごとに、俺の教会内での評価がどんどん上がっていくのだ。他の男共は、なんと勿体《もったい》ないことか。

至れり尽くせりというやつだな。

俺はさっそく、彼女と連れだって部屋に向かうのだった。


部屋に到着すると、彼女は緊張しながらも、わくわくを抑えきれないといった様子だった。

「ジャネイ様に、直接ご指導していただけるなんて……」

世界が変わってからは、女性は誰もが、えっちで積極的になっている。

しかし反対に、男はずいぶんと消極的になってしまったようだ。

そのため、女の子たちは皆が性欲を持て余している。

そんな中での俺は、とてもレアな存在なのだった。

その辺りは、この新しい世界の中でだいぶ矛盾した事態なのだが、か弱い男性たちを女性がリードしたり護っていくのが、教義的にも正しい……ということで落ち着きつつあるようだ。

教会内だけでなく街中でも女性たちはがんばって、完全に草食系となってしまった男たちをなんとか口説き、子作りを行わせようとしている。

そこに新たな宗教的やりがいを、シスターたちも見出したようだ。

しかしそんなシスターたちだって、セックスするなら相手も乗り気なほうが気持ちいいだろう。

義務感だけでは盛り上がらない。女性側は性欲も強化されているようだし、気持ちよくはなれるだろうけれど、マグロ男相手ではセックスを楽しむのは難しいと思う。

だが俺は違う。彼女を抱き寄せるようにしながら、ベッドへと向かった。

「あっ……♥」

彼女はおずおずと、俺にきゅっと抱きついてきた。どうやら、経験自体が少ないようだな。

そのかわいらしい仕草に、欲望がくすぐられる。

俺はシスターをベッドに上げると、覆い被さった。

その細い腰を撫でるようにして、そっと触れていく。

「んっ……」

シスターたちは教義もあって、街の女性よりももっと積極的になっている。

人によるところだが、元の教義では貞淑を是としていたから、遊び慣れていない者も多かった。

そんな子たちまでが、急に性にオープンな環境になったのだ。まだまだ、無理があるのかもしれない。本来はおとなしいタイプの子が、頑張って求めてくれている……と感じることも多かった。

それもあってか、俺としてはなんだか、すごくえっちなことに感じてしまうのだ。

緊張で転びそうになっていたさっきの様子からも、この子はそういったタイプなのではないだろうか。恋愛に不慣れなのに、性欲だけは強くなってしまったのだ。

そんな子が教義だからと言い訳しながら、快感のために身体を差し出す姿は俺を興奮させていく。

「ジャネイ様、んっ……」

俺はそんな彼女に、優しくキスをした。

「ん、あふっ……♥」

それだけで、彼女は顔を赤くしてしまい、目をとろんとさせていく。

「んむ、ちゅっ……れろっ……」

次には彼女からキスをしてきて、おずおずと舌を伸ばしてくる。

「んぅっ、ん、れろっ、ちゅぱっ……」

俺はそんな彼女の舌を、自身の舌で刺激していった。

「んぅ、ん、れろっ……んぁ……♥」

小さな舌を舐め上げ、愛撫していく。

「んぅ……♥　あぁ。ん、ちゅぱっ……」

彼女は必死にそれに応えてくれていて、いじらしい。

「あふっ……ジャネイ様、んぁ……♥」

キスだけでうっとりとしている彼女を眺めながら、その身体を撫でていく。

「あっ、ん、ふぅ……ジャネイさんの……男の人の手に撫でられるの、なんだかすごく、あっ♥　ん、はぁ……♥」

彼女は艶めかしい吐息を漏らしていく。

汗ばみ始めた胸の膨らみへと、俺は手を伸ばしていった。

「あんっ♥　ん、あぁ……」

掌《てのひら》にちょうど収まるくらいの膨らみを、服越しに揉んでいく。

「あぁ……ん、はぁ、ジャネイ様、ん、あふっ……」

「感じられる？」

「はい……あっ、ん、すごくドキドキして、んっ……♥」

「それじゃあ、もっと……気持ちよくなって」

「んっ……♥　はい♥」

俺は服の内側へと、手を滑り込ませていく。

「あぁ、ん……」

女の子の、なめらかな肌。それを撫でながら、今度は直接、双丘へと手を這わせていった。

「あっ♥　ん、あぅ……」

むにゅっと、柔らかな感触。

手頃なサイズのおっぱいはハリがあり、俺の手に吸いついてくるようだ。

なんど揉んでも、おっぱいは女の子ごとに違いがあって面白い。この数日だけでもたくさん揉ませてもらったので、感触の違いを楽しむことが出来た。

「あぁ……胸、ん、はぁ……♥」

俺はそのまま、彼女の胸を愛撫していく。小ぶりだが、柔らかさは素晴らしかった。

ひと揉みで、乳房全体と乳首まで刺激できるのもいい。

「あぁ……ん、ジャネイ様、あうっ……」

「しっかりと、感じてもらわないとな」

丁寧に胸を揉んでいくと、彼女は敏感に反応してくれる。

「あぁ……ん、気持ち、いいです……♥」

不慣れな少女が恥ずかしそうに言うその姿に、俺は昂ぶってしまう。

女の子に求められるのも嬉しいし、こうして感じてくれているのもとても幸せなことだ。

「んぁ……♥　あっ、んぅっ……」

「乳首、たってきてるね」

「ひぅっ♥」

俺は、双丘の頂点で主張を始めた彼女の乳首を、指先でいじっていく。

「んぁ、そこ、あぁっ……♥」

愛撫にあわせて彼女は敏感に反応し、とろけた表情で俺を見た。

俺は彼女の服をはだけさせ、その双丘を外気にさらす。

「あっ……♥　ん、恥ずかしい、ですっ……んぅっ……♥」

顔を赤くして言いながらも、彼女の乳首はもっとしてほしそうにつんと尖っていた。

俺は両乳首を指先で擦り、つまみ、いじっていく。

「ああっ♥　ん、はぁ、あうっ……」

かわいらしい声をあげて感じていく様子を見ながら、まずは胸を刺激し続けていった。

「ん、はぁ……あぁ……ジャネイ様、ん、わたし、んあぁ♥」

基本的な愛撫だけでも高まっていく彼女に、俺も楽しくなってくる。

「あふっ、ん、はぁ、ああっ……」

このまま胸と乳首をいじり続けるのも、悪くないけれど……。

これは司祭からシスターへの指導なのだ。

教義に則るのなら、いつまでもそれだけではいけないだろう。

それに俺のほうも、かわいらしく感じる彼女を見て、滾っているしね。

「脱がすよ」

「はい……♥」

俺は声をかけてから、彼女の衣服をはだけていく。

「あぅ……恥ずかしいのに、わたし、んっ……♥」

白い肌があらわになっていき、彼女は羞恥に身じろぎをする。

シスター服は作りがわかりやすく、脱がせるのも簡単だ。みるみるうちに、彼女に残っているのは、女の子の大切な場所を守る小さな布一枚だけになってしまった。

「あぁ……♥」

俺はその、最後の一枚に手をかける。

そしてゆっくりと、そこをさらしていった。

「んんっ……はぁ……あぁ……♥」

下着をそっと下ろしてみると、クロッチの部分がいやらしく糸を引く。

「ここ、もう濡れてるね」

「あぁ……わ、わたしのアソコ、んっ、ジャネイ様に、んぅっ……♥」

恥ずかしそうにする彼女だったが、そのおまんこは期待に蜜を垂らしていた。

「まずは指先で……」

まだ清楚に閉じている割れ目に、指を這わせる。

「んぁ、あっ、んぅっ……」

指先に愛液が纏《まと》わりつき、くちゅりといやらしい水音が響く。

俺はそのまま、わざと音を立てながら割れ目をいじっていった。

「あぁっ♥ アソコ……ジャネイ様にいじられて、んぅっ……そ、それに、くちゅくちゅ、えっちな音がしちゃってる……」

「ああ。よく濡れてるね。いい感じだよ」

「あぅっ……わ、わたし、すっごく感じて、んぅっ……」

「いいんだよ。気持ちいいのはいいことだ。濡れやすいのも、男性を喜ばせることのひとつだ」

そう言いながら、おまんこをいじっていく。

「あっ♥ ん、はぁっ！」

「それにたくさん濡れるのは、ペニスを受け入れる準備ができているってことだしね」

「あっ♥　わ、わたし、もうっ……んっ……」

挿入を意識させると、おまんこからさらに愛液があふれ出してきた。

彼女の身体も期待してしまっているらしい。

「ジャネイ様の、おちんぽ♥　迎え入れる準備が、んぁ、できちゃってるん……ですね♥　あぁっ、あそこから、ん、えっちなお汁、止まらなくて、んはぁっ♥」

清純そうなシスターの淫らな姿に、俺の昂ぶりも増していく。

キツそうなおまんこだけど、もう十分に濡れているし、もう少しほぐしたら挿れられそうだ。

俺は優しく指先を忍びこませ、その内側を探るようにいじっていく。

「んはぁっ♥　あっ、あぁっ……♥　ジャネイ様、わたしの中に、ん、はぁっ、ああっ！」

俺は指先を動かし、優しくその膣内をほぐしていった。

指を挿れてみてわかったけれど、この子はやはりまだ処女のようだ。指先に、小さな抵抗を感じた。指導してほしいというのも、そういうことだったようだな……。

それならば、しっかりと教えておかなければ。

「ああっ♥　ん、はぁっ、あうぅっ……♥　これ、指だけで、こんな、ん、はぁっ……♥　おちんぽ挿れられたら……♥」

「そろそろ、よさそうかな」

奥まで潤って、指もべちょべちょだ。俺はそう言うと指先をおまんこから離し、自分の服を脱ぎ捨てていく。

「あぁ……♥」

するとと彼女の視線は、そそり立つ剛直へと向いていた。

「そ、それが、ジャネイ様のおちんぽ♥　大きくて、逞しくそそり立っていて……すごく、えっちなかたちです……」

「ああ、ありがとう」

彼女はうっとりと勃起チンポを眺めている。見るのも初めてなのだろうか。

その熱心な視線に、オスの欲望が刺激されていく。

俺は興奮のまま、彼女の足を開かせた。

「ああっ♥　ん、ジャネイ様……♥」

彼女は潤んだ瞳で俺を見上げる。

期待と不安。それがない交ぜとなった表情で待つ処女のおまんこに、勃起竿を宛がった。

「あぁ……♥　熱いモノが、わたしのアソコに……んっ♥」

「ああ、いくよ。子作り……ちゃんと覚えておこうね」

「はいっ……♥」

俺はゆっくりと腰を進めていく。

「んはぁっ♥　あぁ……ジャネイ様のおちんぽ、わたしの中に、ん、はぁっ♥」

小さなおまんこだ。肉竿はすぐに処女膜へと行き当たる。

俺はぐっと力を込めて、腰を進めていった。

「んはぁっ、あああっ！」

抵抗は一瞬だった。膜が裂け、蜜壺が肉棒を受け入れていく。

「んぁ、すごい、お腹の中にっ、ああっ！」

彼女は侵入してきた肉棒を、処女穴でしっかりと受け止める。

「あふっ、ん、はぁ……！」

うねる膣襞《ちつひだ》が、肉棒を確かめるように締めつけてきていた。

「あふっ、すごい、お腹の中、ジャネイ様のおちんぽが、あぁ……」

彼女は初めての肉棒を受け入れながら、俺を見上げる。

「ありがとうございます……んっ、あぁ……♥」

嬉しそうな様子の彼女に、こちらまで気持ちが上向きになる。

初セックスで喜んでもらえるなんて、男冥利につきる話だ。

清楚な彼女はきっと、こんな世界になっていなければ、まだまだ純潔を守っていたことだろう。

それを俺が、貰うことができた。なんと嬉しいことか。

俺は彼女の様子を見ながら、ゆっくりと腰を動かしていった。

「あぁっ、ん、はぁ……あぅっ……♥」

膣襞がこすれ、快感を生んでいく。

「あふっ、ん、あぁっ♥」

彼女の声にも色が戻り、痛みばかりではなく、快感を得ているのがわかった。

快楽に目覚め始めた処女まんこを往復し、襞を擦り上げていく。

「んはあっ♥　あっ、ん、はぁ、ジャネイ様、んあぁ、ああっ！」

彼女は嬌声をあげて、快感に浸っていく。

「あふっ、ん、これが、ああっ♥　すごいですっ……♥　熱くて、気持ちよくて、んぁっ♥　あっ、ああっ！」

「うっ……！　そうだろう……これがセックスなんだよ」

処女穴のキツい締めつけに、油断するとすぐにでも出してしまいそうだ。

俺は腰を振り、彼女を感じさせることに専念していく。

「ああ♥　わたし、んぁ、ああっ……♥　気持ちよすぎて、ん、はぁっ、ああっ……♥」

あられもない声で乱れていく彼女。俺も昂り、ピストンのペースを上げていく。

「んはぁっ♥　あっ、イクッ！　んぁ、わたし、イクゥッ！」

予兆に備え、ラストスパートで俺も腰を振っていった。

「んぁっ♥　気持ちよすぎて、おかしくなりゅっ♥　ジャネイ様のおちんぽ♥　おまんこズンズンしてるぅっ♥」

すっかり感じ入った姿で乱れていく彼女に、俺も昂ぶりのまま腰を打ちつける。

「んぉおっ♥　おぅっ、ん、あはっ♥　イクッ！　ん、これが……イク……んうぅっ！」

快楽に溺れる初々しい女体を味わいながら、俺も発射へと向かっていった。

「んあぁっ♥　イッ！　あっあっ、んっ♥　すごいの、んぉ、イくッ、あっ、あああっ♥」

彼女が絶頂し、おまんこがぎゅっと締まる。

「ジャネイ様、んぉ♥　あっ、ああっ！　ください！　子種……出してくださいぃっ！」

「ああ、出すぞ！」

俺は宣言して、ぐっと腰を突き出す。

「あああぁぁぁっ♥　ん、はぅっ♥」

そしてそのまま、彼女の中で思いきり射精した。

「あ、あああっ♥　すごいっ、んぉ♥　子種がっ、わたしの中に、どびゅどびゅ出てるぅっ♥　んぁ、ああっ……♥　これが射精……男のひとの……ああ……」

初めての中出しを受けて、彼女は快感に浸っていった。

そんなシスターの汚れない膣内に、ひと突きひと突きで精を擦り込み、開拓していく。

「んはぁっ♥　あっ、ん、はぁ……あぁ……♥」

本気で射精しなければ、指導にはならないだろう。全ての精液を膣奥に注ぎ終えてから、俺は肉棒を引き抜いた。

「ジャネイ……さま……ありがとうございました♥」

すると彼女はベッドの上で、荒い息のままお礼を言った。

そんな彼女を、優しく抱きしめる。

こうして女の子と身体を重ねるのは、もはや俺の日常になっていた。

気持ちよくなって、いいことばかりなのに、それで評価まで上がっていくのだ。

あらためて、この世界での幸せをかみしめるのだった。

●

改変後の世界は俺にとって、とても住みやすい場所になっていた。

この新しい世界では男性が性欲を失い、女性の欲求に応えることはあまりない。

あれから俺も、世界の状況をもっと調べてはみた。極端な変化ではあったが、それによって大きな問題は起こっていないらしい。

まず貴族などは家同士の関係で結婚が決まるので、強引にでも婚姻を進めているようだ。

そして庶民はというと、貴族ほど強制的ではないものの、同じような傾向にある。もともと庶民の間でも、見合い結婚が多い風潮ではあったのだ。だから性欲はともかく、結婚や子作りはそれなりに行われている。

しかしそれでも、一夫多妻が推奨されているにもかかわらず、複数の妻を娶《めと》る男はなかなかいないようだった。

そして教会はというと、性行為を推奨する教義のために、出世を狙う者たちは頑張っている。

そんな男性司祭たちは、なんとか女性を受け入れようとしていた。まあ性欲がないので、多くの女性を継続的に受け入れるのは、なかなか難しいようだけれど。

結局のところ、男性がなぜそうなってしまったのかは、わからないままだ。

でもそれは、元々の世の中にしたって同じようなものだったのかもしれない。

恋愛もセックスも、人それぞれだ。すべての事柄に、きれいな説明がつくことなどないのだから。

それをどうこうすることはできないし、諦《あきら》めて受け入れていくしかないだろう。

ともあれ。

そんなこの世界の中で、半ば欲望のままにシスターたちを受け入れていた俺だけは、ずいぶんと状況が変わっていた。

少し前までは、地味で目立たない、要領の悪い準司祭だった。

しかし、今は違う。むしろ俺が、要領のいい側になっているのだから。

それはそうだろう。他の男からすれば苦痛でもあるセックスを、出世のために繰り返している……とさえ、周囲からは思われている節がある。女の子とえっちなことをして喜ぶなんて、信じられないのだろう。

俺はただ、エロく迫ってくる女の子たちに、応えているだけなのにな。

美女にモテたいという秘めていた願望さえも、叶いまくりの日々だ。

奥手な準司祭として真面目に働きつつも、異性への興味は人並み以上にあった俺にとって、女性のほうからえっちなことをおねだりしてくれるのは、とても助かる。

まさに据え膳なのだから、控えめに言っても最高だった。

そんな新世界で過ごしていると、これまでとは違い、すべてが満たされてくる。

しかしそれ故に、新たな欲望も膨らんでいくのだった。

かつては、無理だと諦めていたこと。

真面目さだけが売りだった俺だけど、状況がここまで変わったならば。

顔を上げた俺の前には、新しい世界の青い空が広がっている。

勤勉な準司祭だって、悪くはなかった。前の世界であれば、それはそれで、うまく続けていけただろう。しかし、ただそれだけ。俺には、成すべきことなど何もなかった。

しかしこの世界なら、この環境なら、俺は今よりももっと上を目指していける。

これまでの地味だった自分を棄て、俺は上を目指すことに決めた。

つまりこの世界の新ルールを、俺だけが上手く利用していくということだ。

女性たちの願いに応えられるのは、俺だけなのだから。

「よし、始めよう」

俺は呟き、行動を開始したのだった。


これまでの俺は、無軌道にお誘いを受け、ただ目の前の女の子と楽しむことばかりを考えていた。

刹那的な快楽も、以前までの俺にはなかったものだから、素晴らしい体験だった。

思わずのめり込み、それだけに欲に溺れてしまったほどに。

もちろん、それだって悪いことじゃない。

新しい教義には合っているし、俺の行為を喜ぶ人のほうがずっと多い。

だから基本的には、その部分を変えるつもりはない。

その上で、教会内での地位をもっと上げていこう、という方向性を持たせるだけだ。

司祭に昇格できたのは、女の子たちといちゃついてきたことによる副産物だった。

狙ってやったことではなく、これ幸いと乗っかっただけのもの。

この先だってそういう形でまた評価されることは、確かにあるかもしれない。

それも喜ばしいことだし、過去の俺なら、それすら僥倖《ぎょうこう》として受け取っていただろう。

けれどこれからは、もっと自覚的に上を狙っていく。

改変された常識。そこから取り残された、俺だけの性質。

それらを駆使して、なり上がりを目指してみたかった。


いざ自覚的になってみると結果が出るのは早く、これまででは考えられないほど、上からの接触が多くなっていった。そうなると忙しさも増していくのだが、精神的には前よりも充実している。疲れはあまり感じなかった。

そんな理想の状態になることができたのは、リーリスの存在が大きいだろう。

彼女だけは俺から見ると、えっちなことに積極的になった以外には、昔と変わらない。

相変わらず優しくて、俺を常に手助けしてくれる。

そんな彼女といると、やはり心安らぐのだ。たくさんの女性を相手にしていても、どこかで彼女の求めている自分がいる。

部屋でひとりのんびりとしていると、今夜もリーリスが訪ねてきてくれた。

「ジャネイさん♪」

彼女が俺の部屋にいる光景も、すっかりとおなじみだ。

以前も時折なら部屋で話すことはあったが、今はそれだけじゃない。

少しまったりと話をしたあとで、俺たちは自然にベッドへと向かう。

「ん、ちゅ……♥」

まずは軽くキスを行いながら、ベッドにふたりで腰掛ける。

「んむ……ちゅ、れろっ……♥」

互いの舌を絡め合い、愛撫を行っていく。

「ん、ちゅっ……れろろっ……」

最初のころはお互いに拙《つたな》かったディープキスも、今ではうまくなっている。

舌を絡め、彼女の口内を舐め上げていく。リーリスとのキスには、いつもとても癒やされる。

「んぅ……♥　ん、れろっ……♥」

体液を交換し合いながら、俺たちはベッドへと倒れ込んだ。

「ん、ジャネイさん……」

彼女の手が俺の股間へと伸びてくる。

「ちゅっ……♥　れろっ……」

舌を絡ませながら、さわさわとズボン越しにいじられた。その気持ちよさで血が集まってくる。

「ジャネイさん、んっ……」

彼女は唇を離すと、そのまま俺の身体の上を下半身へと滑っていく。

「ふふっ♪」

妖艶な笑みを浮かべた彼女の顔が、膨らんだ股間のそばにくる。

「あむっ……♥」

そしてズボン越しにもわかる肉竿の膨らみを、そっと咥え込んだ。

「服の上からでも、ジャネイさんのおちんちん、大きくなってるのがわかりますね……♥　こんなに、触ってほしそうに主張して、んむっ♥」

「あぁ……だったら、わかるよね」

返事をするかわりに、彼女の唇がズボン越しに肉竿を刺激する。

「あむっ、ちゅぅっ……」

そのまま軽く吸われ、温かな吐息が染みこんでくる。もどかしいような気持ちよさが、股間に広がっていった。

「腰、動いちゃってますね……はむっ、ちゅぱっ♥」

「う、あぁ……」

優しい刺激に、どうしてもむずむずとしてしまう。

「ふふっ♥　おちんぽ、外に出してほしいですか？　ズボンの中でこんなにテントを張って……んむっ、ちゅぅっ！」

「ああ、リーリス、頼む……」

「おねだりするジャネイさんって、可愛いです♪」

彼女は楽しそうに言うと、肉竿から口を離し、そのままズボンの端を咥えた。

「それじゃ、このままお口で、ズボンとパンツを脱がせて……んっ……♥」

彼女は器用に、ズボンとパンツを下ろしていく。俺を脱がすのも、すっかり手馴れたものだ。

「あんっ♥」

すると飛び出した肉竿が、彼女の頬にぺちんと当たる。

「ふふっ、元気なおちんぽですね♥」

リーリスは嬉しそうに言うと、そのままあらわになった肉竿へと顔を近づけた。

「こんなに逞しくそそり立って……オスの匂いをさせてます♥」

見つめながら、うっとりと言うリーリス。

きれいな顔がごつい肉竿のすぐそばにあるのは、アンバランスさもあっていい光景だ。

「それでは、れろっ♥」

彼女の舌が伸び、肉竿を舐めてくる。

「まずはこうして、先っぽのほうにご奉仕して……れろっ……ちろっ……」

彼女の舌がちろちろと、敏感な先端を刺激してきた。

「ん、れろっ……ちろっ……おちんちんが喜んで、ぴくんって反応しましたね。それならもっと、ぺろっ、れろぉっ♥」

大きく舌を伸ばし、見せつけるように舐めてくるリーリス。

舌の気持ちよさはもちろん、その光景もエロくて最高だ。

「れろっ、ぺろっ……」

彼女は丁寧に、そして美味しそうに肉棒を舐めていく。

「ん、ちろっ……こうやっておちんちんを舐めていると、私もどんどんえっちな気分になっちゃいます……ぺろろっ！」

「ああ……見た目も十分エロいしな……」

チンポを舐めているリーリスの姿は、それだけでも抜けるほどだ。

敬虔なシスターにご奉仕されているというシチュエーション自体、興奮する。

それは、こんなふうになる前の彼女を知っているからというのも大きいだろう。

それに彼女は、世界が変わっても、即座にエロく迫ってきたわけではない。

俺が決意を固めて誘ってから、ようやくこうして、身体を許してくれたのだ。

その慎《つつし》み深さと、楽しそうにチンポを舐めている今の姿とギャップがあってこそ、そそるのだ。

「れろっ……ちろっ、れろろろっ……♥」

「あぁ……リーリス、かわいいよ」

彼女の舐め回しに、どんどんと高まっていく。

「ふふっ、おちんぽ、すっかりぬるぬるになっちゃいましたね……♥　それに先っぽから、我慢汁がいっぱいあふれてきて……れろっ♥」

　彼女の舌先が、先走りを舐め取る。舌粘膜が鈴口に触れ、思わず震えてしまった。

「ちろろっ……先っぽから、どんどん出てきちゃいますね♪　れろぉ」

「ああ……リーリス、それはっ……！」

　彼女の舌がそのまま鈴口を舐めまわし、溢れる先走りを舐め取っていく。

　その刺激にますます我慢汁があふれ出てしまい、それをまた舐め取られていく。

「あぁ……♥　おちんぽからどんどん……あむっ♪」

　彼女はぱくりと先端を咥えこんだ。

「あむっ、じゅぷっ……♥」

　そのまま肉竿をもてあそび、刺激してくる。

「ちゅぱっ、ん、れろっ……」

　温かな口内に包み込まれ、舌先が亀頭を舐め回す。

「ちゅぷっ、ん、ふぅっ……」

　すぼめた唇でもカリ裏を刺激して、快感を送り込んでくるのだった。

「あむっ、じゅぷっ、じゅぱっ……」

　そして彼女は頭を、前後に動かし始める。

「れろっ、ちゅぱっ、ちゅぷっ……♥」

　唇が肉竿をしごき、舌先が先端を責めるコンビネーション。

その気持ちよさはある意味おまんこ以上で、俺の奥から欲望がせり上がってくるのを感じた。

「ちゅぱっ！　れろれろっ、じゅるっ！　んっ、おちんぽの先っぽ、膨らんできました……そろそろ、精液出ちゃいそうですね♪」

彼女は上目遣いに見つめながら、尋ねてくる。

「ああ……我慢できないよ」

俺がうなずくと、彼女はさらにペースを上げて頭を動かしていった。

「んむっ、じゅるっ、ちゅぱっ……じゅぽっ！」

「ああ……もう！」

リーリスの頭が前後するのに合わせて、口まんこが肉竿をしごき上げる。

「じゅぽっ、ちゅぱっ、れろろろろっ！」

「うぁ、出る……！」

「あむっ、じゅぷっ、じゅるっ……」

俺の声を聞いて、リーリスが追い込みをかけてきた。

「れろっ、ちゅぱっ、じゅるっ……ん、このままお口に……じゅぶじゅぶっ！　ちゅぅぅぅっ♥」

「ああ！」

最後にバキュームを受けながら、俺は気持ちよく射精した。

「んむっ、じゅぶっ、ちゅぅっ♥」

「う、あぁ……！」

肉棒が勢いよく跳ねながら、美少女の口内へと精液を放っていく。

リーリスは軽く吸うようにしながら、それを受け止めていった。

「んくっ、じゅるっ、こくっ……ちゅぅっ♥」

「うっ……おおお」

射精中の肉竿を吸われると、その刺激の大きさに声が漏れてしまう。

「ん、ごっくん♪　あぁ……どろどろの精液、いっぱい出ましたね♪」

彼女は満足げに言って、肉竿を口元から離した。

「ああ……最高だったよ」

バキュームフェラの余韻に浸りながら、小さくうなずいて返す。

そして改めてリーリスを見る。目の前では、エロい表情になっている彼女が俺を見つめていた。

「ん、ジャネイさん♥」

すっかり発情した様子で、俺に寄ってくる。

そんな顔で求められると、当然こちらもその淫気に当てられてしまう。

「リーリス。服を脱いだら、四つん這いになって」

「はい♪」

俺が言うと、彼女は嬉しそうに答えて服を脱ぎ始めた。

従順なリーリスが、服を脱いでいく様子を眺める。

元々の露出が少ないというのもあって、彼女が脱ぐ姿はどことなく背徳感がある。

そんなことを考えながら眺ていると、服から解放された大きな胸が現れる。

その巨乳を包みこむ、ピンク色のブラ。

服の上からでもわかる巨乳だが、下着に包まれただけの姿も圧巻だ。

「んっ……」

リーリスはそれに手をかけ、外していく。

たゆんっと揺れながら、あらわになる生のおっぱい。

その光景に見とれていると、俺の視線を受けた彼女が顔を赤らめた。

「そんなに見られると、やっぱり恥ずかしいです……♥」

積極的ではあっても、まだまだこうして恥じらうリーリスの姿が、とてもかわいらしい。

しかしそう言われると、むしろ視線は釘付けになってしまう。

「リーリス……！」

俺は我慢しきれなくなり、そのまま彼女をベッドへと押し倒した。

「あんっ♥　ジャネイさん、んっ……」

そしてそのたわわな果実へと、手を伸ばしていく。

「んっ♥」

むにゅんっと、極上の柔らかさが指に伝わってくる。俺の手を受け止めて、爆乳がかたちを変えた。

「あっ、んっ……」

そのまま両手で、むにゅむにゅとおっぱいを揉んでいく。

「あふっ、ん、あぁ……♥」

受けにまわったリーリスが、色っぽい声をもらしていく。

俺はそのまましばらく、彼女の巨乳を楽しんでいった。

「ジャネイさん、ん、あぁっ……♥」

「ずっと触っていたくなるおっぱいだ」

「あんっ、そんな、ん、ふぅっ……」

彼女は赤い顔で俺を見上げる。少し潤んだその瞳も、俺を昂ぶらせている。

「ん、はぁっ、ああっ……♥」

柔らかなおっぱいを堪能していくと、リーリスも徐々に高まっているようだ。胸の感触と彼女の反応は素晴らしく、やはりずっとこうしていたくなる。

「あっ♥　ん、はぁっ……んぅっ……♥」

しかしもちろん、その気持ちよさと昂ぶりは、別の欲求も膨らませていく。

もっと直接的な獣欲が、俺を突き動かしていった。

「リーリス……するよ」

俺は彼女の下半身へと、手を移していく。

「んっ……♥　はい♥」

彼女の真っ白な足を包み込むストッキングを、そっと下ろしていった。

「あぁ……♥」

するすると巻き取っていくと、すべすべの足が姿を表していく。

素肌になったその内股を、指でなぞり上げてみた。

「んっ……♥　ジャネイさん、それ、くすぐったい、んぁ……♥」

そう言いながらも、一段と色っぽい声を漏らすリーリス。

俺は白い内腿をなぞり、指先で刺激し続ける。

「ん、ふぅっ……あぁ……♥」

さわさわと肌を撫で、じっくりと上へ向かっていく。

「あぁ……んっ……♥」

そしていよいよ、頼りない布に包まれただけの、彼女の大切な場所へと近づいた。

「ここ、もう濡れてるよな」

指を寄せただけでもう、湿り気を感じる。布地を濡らして、かたちがわかってしまっている割れ目を、そっと押しながら撫で上げる。リーリスはかわいい声を出して、ぴくんと身体を反応させた。

俺は数度、その割れ目の上で指を往復させていく。

「ん、はぁ……♥」

愛液の増加を感じて、その小さな布へと手をかけた。

「あぅ……」

そのまますするすると脱がせていくと、彼女の秘められた場所があらわになる。

「リーリス、ほら……ちゃんと四つん這いになって」

「はい……♥」

改めて言うと、彼女は素直にうなずき、突っ伏していた身を起こした。

そしてエロいお尻を俺に向け、四つん這いになる。

「あぅ……このかっこうは、んっ……♥」

こちらへとお尻を向けたので、秘められた場所もいっしょに突き出すようにしている。

もうすっかりと濡れたおまんこが、無防備にさらされていた。

大胆なお誘いポーズに、俺の興奮も高まるばかりだ。

「ジャネイさん、んっ……」

俺はその白いお尻へと近づいた。そうして、滾る剛直を膣の入り口へと押し当てる。

くちゅり、と水音が響き、彼女のお尻が小さく動いた。

「ん、あぁ……♥　硬いの、当たってます、んっ……はいっちゃう……」

そう言いながらも、自分から割れ目で肉竿を擦ってくるリーリス。

「いくよ」

もう我慢できない。俺はそう言って、腰を前へと進めていった。

「ん、はっ……♥」

ぬぷり、と肉竿が蜜壺に飲み込まれていく。熱くうねる膣襞が肉棒を迎え入れた。

「あぁっ♥　ん、くぅっ……！」

彼女は小さく声を漏らしながら、きゅっと膣内を締めてきた。

そのお迎えの心地よさを感じながら、俺はゆっくりと腰を動かしていく。

「んぁ、あっ、ふぅっ……♥」

膣襞《ちつひだ》を擦り上げ、ゆっくりと往復する。

「んぁ、ああっ、ん……！」

蠕動する膣襞をかき分けて前後していくと、リーリスの反応もよくなっていった。

「んはぁっ♥ ん、ああっ……ジャネイさん、んぅっ♥」

俺はだんだんと腰のペースを速め、その蜜壺をかき回していく。

押し込み、引き抜く。そのどちらでも、リーリスのおまんこは最高の締めつけだった。

「んぁっ♥ おちんぽ、奥まで届いて、ん、くぅっ！」

彼女も気持ちよさそうに言って、さらにお尻を突き出してくる。

濡れた膣内を往復し、ぐいぐいと粘膜を擦り合わせていく快感。セックスの醍醐味だ。

「んはぁっ！ あっ、ん、ふぅっ……！」

快楽で、だんだんと姿勢が崩れていくリーリス。その上半身が、ベッドへと降りていく。

「あぁっ♥ ん、はぁ、あふぅっ！」

それでも突き込むようなピストンを続けていくと、膣襞がきゅつきゅと締めつけてくる。

「あんっ♥ ん、ジャネイさん、んぅっ♥ あっ、あっ、あっ……」

お尻を高く上げたリーリスが、喉から絞るように嬌声を漏らしていく。

俺はそんな彼女の腰をつかむと、おまんこに肉竿をぐいぐい抜き差ししていった。

「んぁっ♥　あっ、ん、あうっ。ジャネイさん……ちょっと……つよいです……」

「こんなふうにお尻を突き出して、えっちな格好をされたら……。男は我慢できないんだよ、リーリス！　もっと、もっと、入れたくなるんだ」

「あぁっ♥　ん、おちんぽ、私の奥を、いっぱい、ん、ああっ♥」

最奥まで押し込んだまま、膣口を広げるようにして肉棒の根元で円を描く。そしてまた、ピストンへ。昂ぶりのまま腰を振っていくと、リーリスはさらに艶めかしい声を上げていった。

上半身はベッドにくずおれ、大きなお尻だけを高く上げている姿は、とてもエロい。

まさに子作りポーズであり、こちらを誘い、子種を強く求めているかのようだ。

「あぁっ♥　ん、はぁ、ああっ！」

俺はそのメスのエロさに導かれるまま、腰をパンパンとお尻に叩きつけていく。

「んはぁっ♥　あっ、奥、突かれて、私、んぁ、ああっ！」

嬌声を響かせ、小さくお尻を揺すって抵抗する。

しかしそれは、もっともっととねだられているようで、俺の心にさらに火をつけた。

「んはぁぁ！　あっ、んくぅっ♥」

ピストンの速度を上げると、彼女の声も大きくなっていく。

「んは、ああっ♥　だめぇっ！　んはぁっ、あっ、気持ちよすぎて、もう、イっちゃいますっ……」

「うぁ……！　ああ、いいぞ……」

おまんこがぎゅっと肉棒を締めつけたので、その気持ちよさにこちらも声が漏れてしまう。

俺はそんなリーリスのおまんこを、さらに責めたてていった。

「んはぁっ！　あっ、ん、くぅっ♥　あぁっ、もう、イクッ！」

「ああ……こっちも限界が近そうだ」

熱烈な歓迎を受けて、肉棒も気持ちよさにとろけそうだ。

俺は勢いよく腰を振り、おまんこの奥、子宮口をノックしていった。

「んはぁっ♥　あっあっあっ♥　もう、イクッ！　んぅっ、おまんこイクッ！　あっあっ、イクッ、イクウゥウゥウッ！」

「う、ああっ……締まる……！」

彼女が高い嬌声を上げながらイった。

膣洞がぎゅっと締まり、射精を求めて肉棒をますます締めつける。

「あふっ、ん、くぅっ♥　ああ……おちんちんが……」

うねる膣襞が肉棒をしごき上げ、俺の精液をねだってくる。

「くっ、出すぞ！」

その絶頂締めつけに俺も耐えきれず、お望み通り、ぐっと腰を突き出しながら射精した。

びゅくっ、びゅ、びゅるるるるっ！

子宮の入り口に直接、だくだくと子種をぶっかけていく。

「んはぁぁあっ♥　熱いの、中、いっぱい、んぁあっ！」

際限なく中出しを受けて、おまんこが喜ぶように蠕動していく。

「あぁ……吸い出される！」

奥へ、奥へ。膣襞が肉棒を締め上げ、精液を余さず搾り取ってくる。

俺は放出の気持ちよさに浸りながら、されるがままに精を放っていった。

「んはぁっ……あっ、あぁ……♥」

望みの中出しを受けて、彼女がうっとりと声をもらしていく。

俺は精液を出し切ると、肉棒を引き抜いていった。

「ん、はぁ……♥」

彼女はそのまま、ベッドへと倒れ込む。繋がっていたところからは、愛液と精液が混じったものが垂れていて、とてもいやらしい。俺はエロすぎるリーリスの姿を眺めながら、一息ついた。

「んぁ……ふぅっ……♥」

呼吸を整える彼女。

こうして身体を重ねるようになってからは、何度となく、そのエロい姿を見せてもらうようにもなった。しかし、他の部分は以前と変わらない、かわいらしいリーリスだ。

そんな彼女にはとくに、安心感と愛おしさを覚えるのだった。

この先、どれほど上を目指していったとしても、その思いは変わらないだろう。

俺はリーリスの隣に寝そべり、そっと彼女を抱きしめる。

「ジャネイさん……♥」

彼女も甘えるように抱き返してきたので、俺は幸せな気分に包まれるのだった。

第三章　枢機卿の娘、ユニア

上級司祭であるユニアにあてられた、仕事部屋。

しっかりとした広めの机には、サイン済みの書類が積んである。

ひと仕事を終えた彼女の元には、部下である準司祭の女性がいた。

彼女はここ最近の状況について、ユニアへと報告している。

上級司祭。それは言葉通り、この教会でもかなり上位の地位と言える。

まだ年若く、本来であれば準司祭や修道士であることが適切な年齢のユニアだ。

けれど彼女は、年齢を考えれば異例の地位に就いている。

赤いセミロングの髪に、ぱっちりとした瞳。

意志の強さを感じさせる、ちょっとキツいタイプの美少女だった。

さすがに若すぎるきらいはあるものの、報告を聞いている姿はしっかりと、仕事のできる女性に見えることだろう。強気そうな美人だから、というだけかもしれないが。

実際のところ、ユニアがその地位相応に仕事ができるかと言われれば、答えはノーだ。

上級司祭——本来であれば、なにか目立つ偉業を成し遂げただとか、通常では考えられない成果をあげないと、チャンスが訪れないほどの階位にいる。

それこそ、世がもっと荒れている頃であれば、教会騎士として戦地で大きな戦果をあげるだとか、神の教えによって敵対勢力を取り込むだとか、そのくらいのことが必要だ。

今は平和な時代なので、その成果を出す場すらないのだから、彼女の抜擢は異例だった。

ふさわしい人材か、と問われれば、そんなことはまったくないのに。

とはいえ、無能かというとそうでもない。

生来から人の上に立っていたため、年齢にしては、他人を使う側に慣れているのは事実だ。

普段の仕事だけなら、上級司祭であることに支障をきたすようなことはなかった。

現代の教会での出世は、基本的には年功序列。

神の教えを受け入れ、長年祈りを捧げていくことが重要だと考えられているからだ。

それでいて、年老いてから教えに目覚める者も、もちろん否定しない。

神はそれも、寛容に受け入れる。

それが教会の在り方だった。

凡庸な司祭であっても、人材としては問題ない。教義こそが大事なのだ。

それをふまえるなら、ユニアはどちらかといえば優秀な部類ではある。

そんな彼女の出世の理由、それはユニアの父親だ。

教会の首脳陣である枢機卿の娘であり、当然、母親もそれなりの地位にある人間だ。

そんな彼女が、生まれながらにして地位を約束されているのは、当然のことともいえた。

歴史ある大きな組織は、様々な派閥の思惑の上で動いている。

彼女は枢機卿の娘として生まれ、父親を仰ぐ者たちに囲まれて育った。

その中で当然のように、人の上に立つ人間として教育されたのだ。

その期待に応えるように——というよりも、そうであるのが自然だとして上級司祭になり、あたりまえに地位を得ていた。

その結果というか、恵まれていたが故に、彼女には傲慢でわがままな部分がある。

そのために「七光りのわがまま姫」などと陰口を叩かれることもあったが、妬む者の抵抗もそれが限度だ。彼女にそれ以上に不満を言える者はいない。

それだけ、枢機卿の娘であり上級司祭である彼女は、教会内で力を持っている。

常識の改変前からそうして、権力を得ていたユニア。

それは今の教会内でも変わらなかった。彼女は立場を維持し続けている。

だが、変化はあった。教会内での勢力図が、大きく変わってきたからだ……。


彼女に限らず、どのグループでもそうだった。

男性司祭の多くが別の修道院に移ったこともあるし、シスターたちが男あさりにばかり精を出すようになったこともある。

教義からすれば間違っていなくとも、組織はそれだけでは回らない。

そんな中でのユニアにとって、急に台頭してきたジャネイは目につく存在だった。

これまでは特に目立つところのなかった、ごく普通の準司祭。

過去の彼女にとっては、存在すら知らなかったような相手だ。

それが今では、教義に最も忠実で有能な司祭として出世してきている。

「いったい、どんな男なのかしら」

いわゆる成り上がり型の人間だから、素性の良い彼女自身とは違うタイプだろう。

興味は尽きない。それはもちろん、ユニア自身が性に目覚め、男性に興味を持つようになっていたからというのもある。

元々プライドが高い彼女だ。いつかは親にお見合いでもさせられるだろうと、恋愛も経験してこなかった。

改変で性欲は高まった後も、「つり合う男が見たらない」と考えることで、ずっと自分を誤魔化している。

そんな彼女にとって、年齢も近く、破竹の勢いで台頭してきたジャネイは気になるところだった。

教会に残った男性司祭は、もっとおじさんばかりなのだ。

とにかく目立ち、シスターたちにも大人気。有能であるという男性司祭。

ともすれば、彼ならば自分にふさわしいかもしれない。

そう思うと、疼《うず》く部分があるユニアだった。

親の地位もあって、すり寄ってくる男性は多かったものの、誰も相手になんかしなかったのに。

しかしそんな彼女も、すっかり年頃の女の子になっていた。

性に奔放な空気が漂う今の教会内ともなれば……自分を抑えられそうもない。

今や女性たちの会話は色事ばかり。その身の内側には、しっかりと興味や知識が根付いている。

言ってしまえば、ユニアはむっつりな耳年増なのだった。

自分にふさわしい存在がいるなら――経験してみたい。それに、いつまでも拒否していては教義にも反する。

彼女の期待は膨らんでいく。

「そ、それに、上手く取り込めれば、あたしの勢力にとっても大きな力になるだろうし……」

そんな正当で冷静な理由も用意してから、彼女はジャネイに接触を図ろうとしたのだった。

●

「これは……いい機会だな」

ユニア派のシスターから、一度話がしたいという彼女の言伝《ことづけ》を受け、俺は呟いた。

自分の部屋で、そのことについてリーリスと話してみる。

「ユニアさんは、枢機卿の娘さんですしね。そんな人から声がかかるなんて、ジャネイさんはすごいです！」

そんなふうに、疑うことなく喜んでくれるリーリスだった。

彼女は、俺が出世を目指すようになってからも変わらずに支え、応援してくれている。

そんな彼女がいてくれるからこそ、俺は慣れない交渉事のストレスにも耐え、着々と力を伸ばしてきているのだ。

ユニア派は元々、上位の枢機卿の娘が中心だということもあり、かなりの力を持っていた。

ユニア自身も、わがまま姫と言われるくらいには、好き勝手に振る舞えていたわけだしな。

しかし今はもう、かつてほどの勢力はなさそうだ。

俺に声をかけてきたのも、それが一因だろうか。

元々あった派閥は、どこも力を落としてきているしな。

とはいえ、やはり今でもその権勢と人脈は大きいし、どこも横並びに近い形で影響力を弱めているので、ユニア派だけがまずい状態というわけではない。

俺にとっては、この接触は悪い話ではなかった。

これまでは単純に、教会内での出世ルートを考えるなら、派閥はどこも男性司祭中心が多かった。

もちろん、これまでは……だ。今は、男性司祭はどんどん抜け出している。

ユニアはそんな中で異例ともいえる、若い女の子の上級司祭だ。

どうせ組むなら、かわいい女の子がいいというスケベ心もある。

彼女にとっても、俺は組みしやすい相手だろう。成り上がりである俺を抱え込んでも、素性の良いユニアのほうが脅かされる可能性は低い。

教義が変わり、多くの女の子とえっちするのが肯定されている現在、男性司祭には俺は脅威だ。

その点でも、ユニアには俺にその座を奪われる心配がない。

教会内での評価としては、男の俺と比較されることがないのだから、プラスしかないだろう。

「ユニアさんとの接点って、これまでにはありましたか？」

「いや、俺なんかとは、まったくないな」

おそらく、向こうは俺のことなんて知りもしなかったことだろう。

準司祭なんて山ほどいるし、俺は目立つタイプじゃなかったからな。

だから当然、接点なんてものもあるはずがない。

「リーリスは、どうだった？」

「私も、直接にお会いしたことはないです。もちろん、噂は聞いてましたが……」

「ああ、本来なら俺たちには、雲の上の存在だからなぁ……」

俺よりも若くして、上級司祭になっている彼女だ。

準司祭だった頃の俺からすると、まったく縁のない存在である。

枢機卿の娘として生まれた彼女は、とんとん拍子に出世していき、今の地位を築いた。

そんな彼女と個人的に顔を会わすことなど、後ろ盾もない準司祭には不可能だ。

でも、今は――。彼女のほうから俺に連絡を取ってくるまでになった。

それはなんだか、気持ちのいい出来事だった。

そうして俺はリーリスともよく話し合った上で、ユニアと会ってみることにしたのだった。

立場としては明らかに向こうが上なので、俺が彼女の部屋に呼び出された、というかたちだ。

部屋といっても私室ではない。上級司祭ともなると、専用の執務室があるのだ。

ではこの呼び出しに色っぽい期待がないかと言われると、そんなことはない。

むしろ思いっきり期待した上で、彼女に会うことにしたのだけれど、さすがに性に奔放になった
この世界でも、いきなりベッドにとはならないらしい。

まあ、まずは真面目な話をというお誘いなので、それも当然なのだろう。

俺自身も、今は地位や出世について興味があるので、大歓迎ではある。

成り上がりなので、教会内での権力闘争には疎《うと》いからな。その点、彼女は生まれながらにそうい
った世界にいるわけだし。

けれど、いざユニアに会ってみると、やはり色事のほうに興味が移ってしまうのだった。

そう、彼女は確かに、噂以上の美しさだった。

「よく来てくれましたわ」

デスクに着いたまま、俺に声をかけてくるユニア。

セミロングの赤い髪に、気の強そうな瞳。整った顔立ちの、派手な美少女といった印象だ。

その美貌もちろん彼女が注目を集めるポイントではあるが、さらに机の上にどんっと載っている
その爆乳もまた、俺の目を惹くものだった。

俺は失礼にならないようにと思いつつ、やはりそこが気になってしまう。

ひとまずは、俺に声をかけてくれたことへのお礼を述べると、しばらくは形式的な話が続いていく。部屋にいるのはユニアと俺、そしてリーリスとユニア側の付き人がふたりだった。

教会内の派閥は、貴族などのそれとは違って、誰が所属しているかは見えにくい。

俺のような相手に対しては、まずは探りが入れられるのが普通だ。

実際のところ俺はどこにも属していないので、それは杞憂なのだがな。

何気ない会話の中でそういった探りを終えると、今度は勧誘が始まったようだ。

しかし、なんだな。

若くして上級司祭になったということもあり、わがままだという噂は聞いていた。

でも、そういう噂には誇張もよくあるし、そもそも妬みが優先しているのが普通だ。

ユニアに対しても、ある程度はそうだと思っていたのだが……。

実際に接してみると、彼女はしっかりと、傲慢さや権力者らしい身勝手さを持っているみたいだ。

「あたしのところに、迎え入れてあげますわ」

俺に断られるなどとは、考えてもいないように言うユニア。

その態度はやはり尊大で、噂通りだったんだな……という感じだ。

「まあ、それはそれでいいが……」

「あら？　なにか出したい条件でもあるのかしら？」

彼女はこちらを見ながら続ける。

「最初から大きく出たわね。あたしに仕えることができるだけで、十分魅力的じゃない？」

それが脅しの類《たぐい》であれば考えものだが、彼女のそれはどうやら違うようだ。これが素なのだろう。

本当に心から、自分に仕えることが幸せだとでも言いたげだった。

ふむ。ここで気を悪くする男もいるだろうが、俺としては……。

生粋のわがまま姫というのも、これはこれでいいものだな、と考えていた。

俺は彼女を見て、素直にそう思う。これからの関係を考えれば、魅力的ですらある。

「条件というわけではありませんが……。俺は教義に忠実だとの評価を受けて、司祭となりました。ユニア上級司祭は、そのことをどうお考えですか？」

俺が尋ねると、彼女は突然の質問に少し驚いたようにしながら答えた。

「教義に忠実なのは、いいことだと思いますわ。だからこそあたしも、あなたを迎え入れようとしたのですし」

それは同時に、彼女以外の派閥が、俺に対して警戒した理由でもある。男同士だと、俺は要注意人物となるからだ。

だが、今の質問は、そういうことを言ったのではない。

俺は、机の上でどしっと存在感をアピールしている、ユニアの爆乳をちらりと見ながら言った。

「貴方の派閥に入るということは、上級司祭も俺と、教義を実践してくださる、ということでよろしいですか？」

実践というのは、もちろんセックスのことだ。

出世のことだけなら、他の派閥でも問題なくプラスになる。

俺にとっては、どこを選んでもそう変わらない。

そんな俺がユニアを選ぶ一番のメリットは、やはり彼女自身だろう。

本来なら手の届かない、高嶺の花のお嬢様。

しかも美人でスタイル抜群。わがままなのも、今の俺には魅力だ。

性格にちょっと驕《おご》った部分があるものの、そんな彼女が乱れる姿はきっと最高だろう。

「噂には聞いていたけれど……あなた本当に、珍しいくらい教養に熱心なのね」

そう言ったユニアが、品定めをするように俺を眺めた。

これだけ美人で、おっぱいも大きいユニア。

当然その容姿は、以前から話題には上がっていた。

しかし枢機卿の娘だということで、浮いた話は聞かない。おそらくは処女だろう。

それは常識が変わった今でも同じで、彼女が男を連れているという話は聞かなかった。

「お噂ではありますが、上級司祭はあまり――教義には熱心でないようですが」

俺が焚きつけるように言うと、彼女は小さくうなずいた。

「あたしに見合う男がいなかったから、仕方ないですわ。単純な家柄の話だけでなく、他の上級司祭なんてみんな、ずっと年上ばかりでしたし」

そんな彼女が、俺を見ながら続けた。

「でも、そんなあたしに抱いてほしい、だなんて……。下手に地位やお金を要求するよりも、ずっと過大な要求だと思うのだけれど……」

抱いてほしい、になるのか。

俺としては、お前を抱かせろ、くらいのつもりで言っていたのだけれど、ナチュラルに強者である彼女相手には押しが弱かったらしい。

ここ最近イケイケになっていた俺だけれど、やはり付け焼き刃ではだめか。

でかい態度も、真のお嬢様ほど堂に入ってはいないみたいだ。

だからこそ、そんな彼女を喘がせたい……と、いけない欲望が湧き上がってくるのだった。

やはりユニアは、俺にとって魅力的だ。

「まあ、あなたならそれもいいわね。あたしと歳もあまり変わらないし、合格点よ」

そこでちらりと、彼女の目が色を帯びたような気がした。

立場的にはしていそうな、男を侍《はべ》らす……なんて様子はまるでないユニアだが、そこは常識が変わった後の世界の女性だ。やはり性欲は強いのかもしれない。

そんな彼女の様子に、俺もわくわくしてしまう。

「でも……」

そこで彼女の目が、欲で光ったような気がした。

「ちょっと態度が大きいのは、いただけないわね」

そして今度は獲物を狙うように……あるいは、新しいおもちゃを前にしたかのように、続ける。

「教義だけでなく、しっかりと上下関係を教えてあげますわ」

彼女は立ち上がると、こちらへと近づいてきた。

歩くだけでその爆乳がたゆんっと揺れ、目を奪われる。

そして座っていた俺の前まで来ると、かがみ込むようにする。

大胆に開いた胸元から覗く谷間がアピールされ、その魅惑の双丘に視線を捕らわれていると、彼女の手がくいっと俺の顎《あご》を持ち上げた。

ユニアのきれいな顔が目の前にきて、強制的に視線を合わせられる。

「あたしにしっかりと従うように、いっぱいかわいがってあげますわ♪」

「ああ……そう願うよ」

俺はどきりとしながら、うなずいたのだった。

●

そして俺たちふたりは場所を変え、さっそく身体を重ねることになった。

俺が先にシャワーを浴びたので、今はバスローブ姿でユニアを待っている。

エロイベントにもすっかり慣れた俺だったけれど、相手がユニアとなると、少し緊張する部分もある。

何せ枢機卿の娘だ。知ってはいたが縁のなかった、雲の上の存在。

そんな彼女とすることになるとは……。

あらためて、この世界になってから、ずいぶんと状況が変わったものだ。

まあ、誰が相手でも俺のすることとは変わらない。

そんなことを考えていると、ユニアがシャワーを終えて出てきた。

「おお……」

バスタオルを巻いただけの姿に、思わず声が出てしまう。

なんとか隠してはいるものの、その大きなおっぱいに布地の大部分をとられ、腰から下はかなりきわどい状態だ。

スタイルもよいが爆乳の存在感がすごすぎて、腰のくびれは完全に隠れてしまっている。

「ふふっ、あたしの姿に見とれているのかしら?」

「ああ……すごく魅力的だ」

そう言うと、彼女は当然というような、けれどどこか誇らしげな様子で言った。

「そう、素直なのは好きよ♪」

彼女はそのまま、俺の待つベッドへと近づいてくる。

歩くたびに胸が揺れ、タオルもめくれて足の付け根が見えそうになってしまう。

堂々としているのに無防備なその様子には、そそるものがある。

「さ、それでは始めますわよ」

そう言いながら、彼女の手が俺のバスローブをはだけさせてきた。

そして、しなやかな指で胸板をなでてくる。

「この身体に、しっかりと教え込んであげますわ……♪」

「どうかな……楽しみだよ」

彼女の細い指先が、くすぐるように動いてくる。

初めてだというのにずいぶんと自信満々だが、それも彼女の美貌やスタイルを考えると、当然と言えるかもしれない。

だいたいの男は――今は少し事情が違うが、元の常識でなら――彼女の端正な顔立ちとそのおっぱいだけで、すぐにでも降伏してしまうだろう。

しかもお嬢様だというのも、男にとっては心躍るポイントだ。

高貴な女性のエロい姿というのは、背徳感がよりいっそう強まり、性感を刺激してくる。

「んっ……」

ユニアはまだまだ拙《つたな》い手つきだが、傲慢なわがままお嬢様が、処女ながらもエロいことをしようとしているという状況に、ぐんぐんと期待が膨らんでしまう。

ユニアの手はそのまま俺のバスローブをはだけさせ、下半身をあらわにしていった。

「ああ……。これがおちんぽですのね♥　すごいですわ。こんなに逞しくて、熱いなんて♥」

「うっ……」

彼女の手が、そっと肉竿を握った。

そのまま慎重に、肉棒の形を確かめるようにしながら刺激してくる。

思ったよりも優しい手つきに、もどかしい気持ちよさが広がる。

そんな俺の反応を見て、ユニアは楽しそうな笑みを浮かべる。

「あらあら……ちょっと触れただけで、おちんちんが反応してますわよ？　ここ、とっても敏感ですのね……♪」

ユニアの手が肉竿の幹をなぞるように動いていく。

「殿方のおちんぽ……♥　太くて、逞しくて……ガチガチなのですわね……」

好奇心いっぱいといった様子で、肉棒をいじっていく。

「こんなに血管が浮き出て、凶悪そうな見た目なのに……。先っぽはぷくっとしていて、なんだかかわいらしいですわ」

指先が亀頭をなでる。

「根元のほうはすごく硬いのに、こちらは弾力もあって……不思議ですわ。つんつん」

すっかり俺のチンポに夢中なユニア。

これまで純潔を守ってきたお嬢様のそんな姿は、なんだか妙なエロさがある。

先程まで偉そうだった彼女が、異性に夢中だというギャップがいいのかもしれないな。

「あぁ……ほんとうに不思議な形ですわね。このくぼんだところとかも……」

「くっ……そこは」

彼女の指先が裏筋を刺激してくる。敏感なところをいじられると、思わず声が出てしまった。

「これが……んっ……♥」

ユニアは思うままに肉竿をいじり回してくる。

その様子はずいぶんと無邪気で、年相応にかわいらしい。

「興味津々だね」

俺が言うと、彼女はチラリとこちらを見てから、意地悪そうな笑みを浮かべた。

「そうですわね。ジャネイも気持ちよくて、ずいぶん素直に反応してくれるみたいですし。ほら、こことか……」

「あうっ……ま、まあな」

彼女が裏筋を指でくるくると刺激してくる。思わず声を出すと、さらに笑みを深くした。

「やっぱり、ここが気持ちいいのですわね？　もっといじめてあげますわ。ほらほら……♥　すりすり、なでなで♪」

「うっ……初めてなのに、すごいじゃないか」

彼女はいきいきと、俺の敏感なところを刺激してくる。

「あはっ♪　感じているジャネイ、かわいらしいですわ……♥　んっ、もっともっと、あたしの手で情けなく感じてくださいな♪」

「それは……どうかな」

強がってみるが、彼女の手が容赦なく肉棒を責めたててくる。

技術自体が優れているわけではないが、お嬢様が楽しそうに俺のチンポをいじっているという状況は、けっこうやばい。

「あぁ……♥　すりすり、しゅっしゅっ……♥　こうして指先を、気持ちいいところに引っかけるようにして……すりすりすりっ♥」

「う、あぁ……！」

どんどん上手くなっているな。このまま気持ちよさに浸って、出しておくのもありかもしれないと思う。けれど、そうしたらユニアはさらに調子に乗ることだろう。

それはそれでかわいらしい気もするが、ベッドの上でこそ彼女を圧倒しておかないと、これからもずっと飲み込まれてしまうだろう。

「ユニア……」

俺は反撃として、彼女のタオルへと手をかけた。

「あっ、ちょっと……」

大きなおっぱいのせいで最初から限界だったタオルは、簡単にはらりと落ちてしまう。

タオルはそのまま、座っていた彼女の膝上に落ちた。女の子の大切な場所だけはなんとか隠しているものの、爆乳はすっかり露出してしまう。

「そんなに待ちきれなかったんですの？」

ユニアはこちらを煽るように余裕を見せるが、その顔は少し赤い。

性に奔放になっても、羞恥心は残っているというのがエロくていいな。

改めてそう思いながら、俺はその爆乳へと手を伸ばしていく。

「んっ♥」

むにゅんっと爆乳が俺の手を受け入れて、柔らかくかたちを変えた。

世界が新しくなってから、いろいろな女の子のおっぱいを触ってきたけれど、ユニアの爆乳はその中でも一番の大きさだ。

「ん、ふぅっ……♥」

当然、手に収まりきるはずもなく、指の隙間から柔らかな乳肉がはみ出していく。

俺はそんなエロい爆乳を、両手で揉んでいった。

「んぅ、ふぅっ……なかなかいいですわね、んっ……♥　ジャネイの手って、意外に大きくて、ん、ふぅっ……」

「それでも、ユニアのおっぱいが大きすぎて、ぜんぜん掴みきれないけどね」

俺が言うと、彼女は誇らしげな笑みを浮かべた。

「当然ですわ、んっ……♥　あたしのおっぱいは、んぁ……そのへんのおっぱいとは違いますもの……んぅっ♥」

「ああ、そうだな」

大きいながらもハリのあるおっぱいは、なかなかの逸品だろう。彼女はまだ俺の肉竿を握ったままでいるものの、その動きは先程までに比べて、だいぶゆるやかになっている。

「ん、あっ……♥　はぁ……♥」

しかし、彼女自身が胸で感じるのに合わせてきゅっきゅとチンポを握ってくるのは、なかなかに気持ちがいい反応だ。

それに、どれぐらい愛撫で感じているかが赤裸々にわかるというのがエロい。

「あふっ、ん、はぁ……♥」

彼女からこぼれる艶めかしい吐息も、俺を興奮させていく。

「ジャネイ、ん、はぁ……♥」

ユニアは快感で緩んだ表情を、俺へと向ける。

対峙したときの強気なものとは違う、感じている女の子の顔。

その変化に、俺の欲望が反応していく。

「あっ、ん、はぁっ……」

「ユニア……そろそろ」

俺は胸から手を離すと、下半身にあったタオルを取り去ってしまう。

「あっ……ん……」

彼女はきゅっと足を閉じ、手でも自らの股間を隠した。だが俺は、その手をそっとどかせる。

「あっ……♥」

彼女の細い腕は、簡単に動かすことができた。そしてさらに、ぐっと足を開かせる。

「んっ……ふぅ……」

魅惑的な足の付け根。そこで彼女のおまんこはもう、しっとりと濡れていた。

「ユニア、せっかくだし、お互いに刺激していこうか」

「お互いに……とは？」

俺の言葉に、彼女は首をかしげる。

「ああ。ユニアが俺の上に、逆向きで跨《また》がるんだ」

「逆向きというと……まさか」

彼女は頬をぽっと赤くさせた。

「聞いたことがあるのかな？」

尋ねると、彼女は取り繕うように強気そうに答えた。

「と、当然ですわ！　その……お互いのアソコを、お口で感じさせる……というやつですわよね？」

「ああ、そうだ」

リーリスも言っていたが、女の子同士でも、そういった話は出回っているのだろう。

ユニアは本当に、知識としてはそれを知っているようだった。

お嬢様が普段からそんな話をしているというのも、なかなかに気になるところだ。だが今はそれ以上に、目の前の彼女を感じさせたい気持ちが強い。

「い、いいですわ……その勝負、受けて立ちます！　あたしのお口で、ひぃひぃ言わせて差し上げますわっ！」

「それは楽しみだ」

別に勝負なんかではないのだが、それならそれで、付き合ってもいいだろう。

俺はさっそく、仰向けになる。

ユニアはそんな俺をしばらく眺めてから、おずおずと動き出した。

「んっ……こ、この格好、すごくはしたないですわね……。あ、あたしのアソコが、ジャネイの目の前に……んっ♥」

彼女が跨がり、俺の目の前に秘められた場所がさらされる。

「あぅ……♥　ん、おちんぽ、こんなにそそり立って……目の前にすると、すごい迫力ですわ♥

れろっ！」

「うっ……おお、最初からか」

彼女はそのまま、舌先で肉竿を舐めてきた。

処女であるユニアからすれば、思い切った行為だろう。

「不思議な感じですわね……れろっ、ちろっ……♥」

ユニアの舌が、おそるおそるという感じでチンポを舐めてくる。

温かな舌の気持ちよさを感じながら、俺も彼女の無防備なおまんこへと舌を伸ばした。

「ひうっ♥　あっ、ん……舌が、あぁ……♥」

彼女はぴくりと反応し、それをごまかすかのように、さらに舌を動かしてきた。

「れろっ、ちろっ……んくっ」

彼女の舌が肉竿を一生懸命に舐めてくる。好奇心なのか、教義への義務感なのか……。

いずれにせよ、処女のフェラ奉仕はたまらない。

俺はそんなユニアの割れ目をじっくりと眺め、くぱぁと指で広げた。

「ん、あぁっ……♥　あたしのアソコ、そんなふうに広げて、ああっ……！」

彼女は恥じらうように腰を動かすが、もちろん逃がさない。

俺はピンク色の処女マンコへと、舌を伸ばしていった。

「んはぁっ♥　あっ、そんなところ、ん、ふぅっ……」

彼女はかわいらしい声を出しながら、おまんこを舐められても羞恥に耐え、感じている。

そのいじらしい姿に気をよくして、俺はさらに舌を動かしていった。

「んはぁっ♥　あっ、ん、ふぅっ……♥」

初々しい愛液をあふれさせる蜜壺の入り口を舐め回し、刺激していく。

「あふっ、ん、れろっ♥」

それに対抗するように、彼女も舌を動かしていく。

「れろっ……ちろっ、ぺろろっ！」

温かな舌が亀頭を舐めまわしてくる。その拙さがむしろ、気持ちよかった。

「ん、れろっ、……あむっ！」

そしてユニアの口が、肉竿をぱくりと咥えた。

「んむっ、ちゅぷっ……♥　どう？　あたしのお口に入って、ん、おちんぽ、反応しちゃってるわよ？　ちゅぱっ♥」

「おお……いいぞ」

彼女が喋るのにあわせて、唇がカリ裏のあたりを刺激してくる。

その気持ちよさを感じながら、俺もさらに愛撫を行っていった。

「んはぁっ♥　あっ、ん、ふぅっ……ちゅぱっ、れろっ……♥」

彼女は負けじと肉竿をしゃぶり、刺激してくる。

そのちょっと負けず嫌いなところにも、そそられた。

「あふっ、ん、ちゅぱっ……♥　あふっ、あぁ……」

やり返すようにして、彼女の入り口あたりをほぐしながら愛撫していった。

「んぅっ、中、あっ……。舌が、ん、あぁ……♥　ちゅぱっ、れろろろっ！」

ユニアも負けじと、肉竿をしゃぶり、口内で舌を動かしていく。

「んむっ、ちゅぱっ……れろっ！　んぁ……♥」

ある程度の準備ができたようなので、俺は狙いを変えていく。

割れ目の頂点でぷっくりと膨らんでいる、クリトリスだ。

舌で包皮をずらし、その敏感な真珠に舌を当てる。

「んはぁっ！　あっ、そこは、あぁ……♥」

彼女は驚き、肉竿を口から離す。だが俺はそのまま、その敏感な淫芽を刺激していった。

「れろっ、ちろろっ！」

「あぁっ♥　ジャネイ、それ、あぁっ……！」

彼女はかわいらしい声をあげながら感じていく。

「だめですわ、そこはぁ、ああっ♥　あたし、ん、はぁっ……」

ユニアは嬌声を上げ、腰を浮かそうとする。

もちろん逃がすはずもなく、俺はさらにクリトリスを責めていく。

舌先で軽く押してみたり、そのまま舐めてみたりと、感じやすい陰核を舌で刺激していった。

「あぁっ、ん、だめっ……あむっ♥　じゅぷっ、れろろっ、ちゅぱっ！」

「うぉ……！」

彼女はお返しとばかり肉竿を咥えると、積極的にしゃぶってきた。

お互いに弱点を責め合いながら、快感を高めていく。

「じゅぷっ、じゅぷっ♥　ん、あぁ……だめっ、あぁ……れろろっ、ちゅぱっ！　んぁ、ああっ♥」

口元から嬌声を零しながらも、チンポをしゃぶっているユニア。

そこにはこれまでのような余裕はなく、初めての快感に流されていく処女の姿があった。

そんな彼女の様子が、俺をさらに焚きつけていく。

「ああっ♥　だめっ、んはぁっ♥　ああっ、んん、あっあっあっ♥　じゅぶぶっ！　じゅぽっ、ちゅぅっ、んはぁっ♥」

感じながらも、それをごまかすかのように肉竿に吸いついてくる。

「ちゅぱっ、じゅぶぶっ、ちゅぷっ！」

その必死な愛撫は、半ば強制的に俺へと快楽を送り込んできていた。

「んはっ、あっ、ちゅぽっ♥　ちゅぶぶっ！　んぁ、あっあっ♥　もう、イクッ……ん、ちゅぱっ、んはぁっ♥　あっ、あぁぁぁっっ♥」

そしてビクンと身体を跳ねさせて、ユニアがイった。

「あぁっ♥　ん、んふぅっ……♥」

そこでクリトリスへの責めはやめると、彼女は肉竿を離したまま、小さく声を漏らしていく。

俺はゆるゆると、彼女の割れ目に舌を這わせていった。

「んぁ……♥　あっ、んぅっ……ふぅ」

その緩やかな愛撫で、快感の余韻に浸っているようだ。

「はぁ……あぁ……ん、ふぅうっ……♥」

そしてしばらくすると、彼女が声をかけてきた。

「ん、はぁ……お口での愛撫は引き分けですわね……。あ、あなたのおちんぽも、なんだかずいぶんと感じているみたいですし」

どうやら、自分だけがイったのは、なかったことにするらしい。

そんな抵抗もかわいらしく、ついつい顔がにやけてしまう。

この格好なら見られないから、まあいいだろう。

「つ、次はいよいよ、セックスですわ……。あ、あたしのおまんこで、んっ♥　このガチガチおちんぽ♥　ひぃひぃ言わせてみせますわ」

「ああ、そうだが……」

落ち着いてきたのか、彼女はまた強気を取り戻していく。

確かに、しゃぶるだけしゃぶられて出していない俺には、ここからだと不利かもしれないが……。

この感じ方を見るに、ユニアだってまたすぐにイってしまうかもしれない。

そんな彼女を眺めるのも、よさそうだ。

俺は彼女の提案を受け入れ、いよいよ挿入へとうつっていく。

「当然、あたしが上になって、このおちんぽをわからせてやるのですわ」

「ああ、それでいいよ」

俺はそのまま、仰向けで待つことにした。

俺の顔から腰を上げたユニアは、向き直って、改めて俺の腰をまたぐ。

「んっ……♥　あたしを見上げるジャネイの姿は、悪くないですわね。それに……おちんぽも期待して上を向いてきて……ふふっ♥」

彼女は楽しそうに言うと、俺の肉竿を掴み、自らの膣口へと導いていった。

「光栄に思いなさいな。あたしの、んっ、おまんこで、おちんぽいっぱい気持ちよくして差し上げますわ……」

そう言って、ゆっくりと腰を下ろしてくる。

「ん、ふぅっ……♥」

くちゅりと愛液が音を立てた。

彼女の、まだ男を受け入れたことのない膣口が、俺の肉竿で軽く押し広げられる。

「あぁ……ん、うぅ……」

ユニアが慎重に腰を進め、肉竿が割れ目を押し広げていく。

「中に、ん、はぁっ……♥」

亀頭が彼女の処女膜へと触れたようだ。

「いきますわよ。……ん、くぅっ——！」

ずぷり、と処女膜を破り、肉棒がその膣内に迎え入れられる。

「んはぁっ……！」

熱くうねる狭い膣内。それが肉棒をきつく締めつけてくる。

「んぁ、あっ、ああ……！　太いのが、ああっ……あたしの中に、ん、くぅっ……！」

初めてのペニスを受け入れ、彼女が感嘆の声を出していく。

「あぁ……これが、ん、ふぅっ……。硬いのが、無理矢理押し広げてきて、あっ、ん、はぁ……！」

「あまり、無理はしないようにね」

俺が声をかけると、彼女は潤んだ瞳でこちらを見る。そして、余裕を取り繕ったような笑みを浮かべて見せた。

「こ、このくらい問題ありませんわ……ん、あなたこそ、あっ、挿れただけで出してしまわないように、気をつけることですわ……」

「ああ……大丈夫そうだ」

強がる彼女の姿がかわいらしく、優しい気持ちでうなずいた。

処女穴の締めつけはきつく、確かにさきほどまでフェラで高められていたこともあるので、すぐに暴発する可能性もゼロではない。ここが頑張りどころだ。

「あふっ、ん、はぁ……」

彼女はそんな俺を見下ろしながら、ゆっくりと腰を動かし始める。

「あぁ……ん、すっごいですわ……中で、ん、太いのが、動いて、ああっ……！」

「うおっ……」

なんとか腰を動かしていくユニアの膣襞《ちつひだ》が、肉棒をしごき上げてくる。

俺はその気持ちよさを受け止めながら、彼女を見上げる。

「ああっ……ん、こうして、あっ、腰を動かすと、おちんぽが、あたしの中で、あふっ、んっ……！」

だんだんと感覚をつかんできたのか、チンポを咥えこむことに慣れたのか、彼女の腰遣いもスムーズになっていった。

「あっ、ん、ふぅっ……これ、なかなか、あっ♥　ん、ふぅっ……」

そしてその声にも、再び色がつき始める。

「あぁっ……ん、はぁっ……♥　中、いっぱいこすれて、ふぅっ……」

膣道がしっかりと肉棒を咥えこみながら、擦り上げてくる。

「ん、はぁ……あっ♥　ん、くぅっ、ふぅっ……！」

腰遣いも大胆になってきて、ユニアは調子を取り戻してきたみたいだ。

「あぁ……ん、ふぅっ……はぁ……んぁっ♥」

狭い膣内も、愛液がたっぷりとあふれてくるおかげで、動きがよくなってくる。

「あふっ、ん、はぁ……どうですの？」

「う、ユニア、あぁ……いいぞ」

ユニアは俺の上で大きく腰を動かしていく。

彼女が腰を振るのに合わせて、その爆乳が弾むように揺れていた。

その光景はとてもエロく、俺の目は釘付けになってしまう。

「あはっ♥　ジャネイのおちんぽ♥　あたしの中で喜んでいるのがわかりますわ、ん、はぁ♥」

つい先程まで処女だったとは思えないほど、彼女はエロく腰をくねらせていった。

「んはぁっ♥　あっ、ん、ふぅっ……！」

たぷんっ、たゆんっと揺れ動くおっぱいのいやらしさに、目が離せない。そしてもちろん、肉竿を咥えこんでいる処女穴も気持ちがよく、俺をしっかりと責めてくるのだった。

「ああっ♥　ん、はぁ、あふっ……おちんぽ、中でどんどん高まってすわね……？　あぁっ♥　ん、はぁっ……♥　また……大きくなってきてますわ」

「ああ……ユニアの中が、気持ちよくて……それに」

「それに、なんですの？」

余裕ぶりつつも、感じていることがありありとわかるユニアの表情もエロい。

そんな彼女が懸命に腰を振っているというシチュエーションにも、俺は滾ってしまうのだった。

「揺れているおっぱいも、すごくエロいしね」

「おっ……ふぅっ♥　あはっ♪　おっぱいが好きなんですのね？　それならこうして、あっあっ♥」

彼女はおっぱいを突き出すように背中を反らせながら、大胆に腰を振っていく。

その動きに合わせて、大きく弾むおっぱいがたまらない。

爆乳がたぷたぷっ、たゆんっと揺れて、俺にアピールしてくる。

「うっ……すごいな」

「あはっ♥　おちんぽ、また中で反応しましたわ……♥　ん、ほら、もっと揺らして差し上げますわ、ん、はぁっ♥」

俺の反応に気をよくしたユニアが、さらに胸を揺らしてアピールしてくる。

見上げる爆乳が、柔らかそうに揺れる。

迫力満点のおっぱい揺らしは最高だった。

昔の俺なら、その光景だけで彼女に逆らえなくなっていたことだろう。

そしてそれだけ派手に身体を揺らすということは、もちろんおまんこの中でチンポも刺激されていくわけで。

「ああっ♥　ん、はぁっ……！　ジャネイのおちんぽ♥　あっ、あたしの中で、ビクビクしてますわよ？　ん、はあっ！」

蠢動する膣襞が肉棒を擦り上げてくる。処女まんこは貪欲に肉棒を求め、締め上げてくる。

「あっあっ♥　ん、でもこれっ、あたしも、ん、はぁっ♥」

俺の限界も近づくが、ユニアのほうもだいぶ感じているらしい。

「あふっ、ん、中、すごいですわ……これが、ん、はぁっ……♥」

快楽に乱れていくユニア。

大胆に胸を揺らして見せていた彼女も、余裕がなくなっていく。

「んぁ、あっ、もう、ん、くぅっ……♥」

そして高まるほどに、慣れない快楽のためか、腰の動きが不安定になっていった。

「あふっ、ん、はぁ、ああっ……♥」

「ユニア、もう俺も、我慢できそうにない」

俺が言うと、彼女はすっかりとろけた顔で見下ろしながら言った。

「んぁ、♥　はぁ、ん、いいですわよ……あたしの中で、あっ♥　気持ちよくなって、イキなさい、んぁ♥　出して……いいですわ」

「ああ……」

俺はラストスパートをかけるべく、彼女の腰をつかむ。

「んぁ、ああっ♥　ジャネイ？　ん、ふぅっ……」

「このまま、イかせてもらうぞ」

そして下から、腰を突き上げていった。

「あひぃっ♥」

ズンッと突き上げると、彼女が嬌声を上げる。俺はそのまま、ハイペースで腰を突き上げていく。

「んはぁっ♥　あっ、だめっ、そんなにされたら、んぁっ♥　あっ、あたし、んぅっ、イクッ！　あっ、んはぁっ！」

ユニアは突き上げられるままに乱れていった。膣襞が蠕動しながら、肉棒を締めつけてくる。

そのまま快感に任せ、俺も放出へと向かっていった。

「んはぁっ、あっあっあっ♥　ん、あぁっ！　イクッ！　んぁ、ああっ、イクイクッ、イックウウウウッ！」

「う、出すぞ！」

どびゅっ、びゅるるるるるっ！

ユニアが絶頂を迎えたのに合わせて、俺も射精した。

「んあぁぁぁぁっ♥」

絶頂おまんこに精液を受けて、ユニアがさらに嬌声を震わせる。

「ん、あぁ……」

うねる膣襞に絞られるまま、俺は精液を注ぎ込んでいく。

「あふっ……すごいですわ……これが、んっ……セックスなのですわね……」

彼女は初めての行為に、うっとりとした声で呟くのだった。

●

最初は俺に挑むようなかたちで身体を重ねたユニアだったが、どうやらあの一件ですっかり気に入ってしまったらしい。

快楽の虜になった彼女は、何かにつけて俺の元を訪れるようになっていた。

いきなり性格までが変わるわけもなく、素直ないい子とまではいえないまでも、わがままな部分も少しは鳴《な》りを潜《ひそ》めたようだ。

俺が身内に加わったことで、同年代の実力者がいなかった状態から抜けられたこともあるだろうし、セックスを経験したことで、これまでのような「枢機卿の娘にふさわしく」というプレッシャーからも、やや解放されたのが影響しているだろう。

そのせいか、俺を派閥に組み込むつもりだったユニアなのに、今では反対に、俺のほうを担ごうとしている。

本人曰く「ジャネイが思った以上に信用できた」ということらしい。

それならば俺を中心にしたほうが、教義に忠実だという部分を、他派閥よりも押しだせる。

そんな理由もあって、「ジャネイがあたしの上にいたほうが、見栄えもまとまりもいいですわ」ということだったが、どうなのだろうな。

ユニアが上に立つのと、どっちが良かったのかはわからない。

ともあれ、俺たちのグループはさらに団結し、どんどん存在感を増していった。

看板は俺になっても政治力はユニアに任せ、後ろ盾になってもらっている。

力を失いつつあったユニア派だが、その勢力を確実に取り戻していった。

教会内での勢力図が、また書き換わっていく。

衰えた他派閥からも、ユニア派に加わる者が増えてきている状況だ。

「すごいことになってるよなぁ……」

俺は思わず、そう呟いてしまう。

なんだか、わくわくしてくるのを止められない。

少し前までは、目立たないただの準司祭だったのに……。

それが今では、大きな派閥の一角を担っているのだ。

変わっていく環境に戸惑う部分もないではないけれど。

それ以上に幸せであり、毎日が充実していた。

●

そうした夜、俺の部屋にはユニアが尋ねてきていた。

「そういえば。今度、上級司祭への推薦状を用意しておきますわ」

「俺にか？　もう……？」

俺は司祭に昇格してからも、まだ日が浅い。

普通ならば、司祭から上級司祭への昇格となると、何年もかかるどころか、十年単位の場合だっておかしくない。

教会に入った年齢や、そこでの取り組みによっては、司祭のまま生涯を終えることだってざらだ。

たった数ヶ月で話が来るようなものではない。

準司祭から司祭になるのだって、意識改変が起こってからは早かったものの、そもそも俺は準司祭として何年も真面目に過ごしていたしね。

「今のジャネイの功績を考えれば、おかしな話ではありませんわ」

「そうなのかな……？」

「あなたは自分で思うより、注目を集めていますわよ。なにせ、著《いちじる》しく男女比が偏《かたよ》った教会内で、教義に忠実で居続けているのですから」

「ああ、なるほど……」

ユニアのように若くして上級司祭になるなんて、よほどの家柄でもない限り無縁だと思っていたけれど……。

多数との子作り推奨を教義としている今の教会にとっては、男性が極端に減ってしまった状況は、危機的状況にあたるのかもしれないな。

その中にあって、俺はしっかりと教義を実践している、ほぼ唯一の男性司祭だ。

教会内に居続けていると実感は薄いけれど、街中でもいろいろな事が起こっているはずだ。

そこに教えを広める立場の教会側ですら、教義をまともに守れていないとなれば、外から見たときの評判にも大きく関わってくることだろう。

そこで、普段から女の子に囲まれている俺を前面に出していくのは、教会にとっても外部への有効なアピールになる、というわけだ。

「そ、それに……」

彼女は少し目をそらして、小さな声で続けた。

「身分的にももっと、あたしにふさわしくなってもらわないと困りますわ」

少し照れた様子のユニアは、かわいらしい。変われば変わるものだな。

「ジャネイがいないと……ダメな身体にされてしまいましたわ。ちゃんと責任、とってもらいますわよ？」

言いながら、軽く抱きついてくるユニア。

そんなふうに健気なところを見せられたら、我慢できなくなってしまう。

「ユニア……」

俺は彼女をベッドへと連れて行き、押し倒す。

「あんっ♥　もう、気が早いですわ……」

そう言いながらも、彼女は期待に満ちた目で俺を見上げた。

いつもは堂々としているユニアの女の子らしい姿に、俺の興奮は増すばかり。

「んっ……ユニア」

そんな彼女に覆い被さって、まずはキスをした。

「ちゅ……♥」

柔らかな唇に触れながら、間近で目を合わせる。ユニアは視線を逸らしながら、唇を突き出した。

「んっ……ふぅっ……♥」

そして再びキス。

「ん、ちゅっ……れろっ……」

次は、舌をからめ合わせるディープキスだ。

「んむ、れろっ、ちろ……」

そして唇を離すと、彼女は潤んだ瞳で俺を見つめていた。

「あふっ、キス、とてもえっちですわ……んんっ……」

俺はそんな彼女にまたキスをしながら、両手をその爆乳へと伸ばしていく。

「んむ、んんっ♥」

むにゅりとおっぱいを揉むと、彼女が気持ちよさそうに反応する。

「ん、ふぅっ……♥」

その柔らかな双丘を、両手で満遍《まんべん》なく楽しんでいった。

「ジャネイ、ん、はぁ……」

彼女は俺を見上げて言う。

「今日は、おっぱいでしてあげる」

そう言って、彼女は身を起こした。

「ジャネイの好きなおっぱいで、おちんぽ絞ってあげますわ♪」

そして彼女は、胸元をはだけさせていく。

「おお……やっぱり大きいな」

たゆんっと揺れながら現れる生おっぱいに、思わず目を奪われてしまう。

彼女はその爆乳をアピールするように俺に見せつけてきた。

「ほら、ん、おちんぽ出しなさい♪」

「ああ」

誘うように爆乳を揺らす彼女に、欲望も高まっていく。

俺が下半身の衣服を脱ぎ捨てると、彼女の視線がその肉棒へと注がれる。

「あはっ♪　おちんぽ、もうガッチガチに勃起してる♥　おっぱいが、楽しみなんですのね♪」

「ああ、そんなものを見せられたらね」

俺が言うと、彼女は嬉しそうに続けた。

「それなら、あたしのおっぱい、たっぷりと感じてくださいな、えいっ♥」

「うぉ……！」

むにゅんっ、たぷんっ！

爆乳が肉棒を包み込んだ。

「あんっ、おちんぽ、熱いですわ。むぎゅー」

「う、ユニア」

「あはっ、ジャネイ、いい反応してますわ」

彼女は楽しそうに言いながら、その爆乳で肉竿を刺激してくる。

柔らかな双丘に挟み込まれ、肉竿はすっぽりと埋もれてしまう。

「ん、しょっ……」

ユニアはそのまま、爆乳で肉棒を圧迫してきた。

心地よい乳圧にチンポが包み込まれる。

「あふっ、おっぱいを熱いおちんぽが押し返してきてますわ、んっ♥」

彼女は楽しそうにむにゅむにゅと胸を動かしていく。圧倒的なボリューム感のおっぱいがチンポを挟み、かたちを変えている姿は、見ているだけで興奮してしまう。

その柔らかな双丘は、肉棒を優しく刺激してくるわけで。

まったりとした気持ちよさが、俺の肉棒を包みこんでいたのだった。

「ん、しょっ……ふぅっ……」

彼女はむにゅむにゅと刺激を続ける。

「ほら、おちんぽがおっぱいに包み込まれるの、気持ちいいのかしら？」

「もちろん」

「胸の間で、んっ、硬いのが、ふぅ……ぴくぴくしてますわね。……むぎゅー♪」

「あうっ……！」

彼女は両手でぐっと胸を寄せていく。

手からあふれ出るようにかたちを変える爆乳。そして肉竿は、その乳圧を全体に受けていく。

「えいえいっ♪　あたしのおっぱい、いっぱい感じてくださいね」

「ユニア、ずいぶんノリがいいな」

彼女は楽しそうに胸を使って、肉棒を刺激してくる。

「ええ、楽しいですわ♪　ジャネイが感じている姿、かわいいですもの♪　ほらぁ♥　もっとおっぱいを、むぎゅぎゅー♪」

嬉しそうにパイズリで責めてくるユニア。

セックスにハマッたとはいえ、最初とはずいぶんと違う。元々、えっちなことに興味はあったんだろうな。その無邪気な様子と、エロい爆乳責めのギャップもなかなかにいい。

そんな彼女に、どんどんと追い込まれていく。

「あふっ、おちんぽ、おっぱいの中に埋もれて、ん、そのまま気持ちよくなって、おっぱいでイっちゃいなさいな♥　むぎゅー」

「ユニア……くっ」

押しつけ、包み込み、軽く動く。刺激自体はそこまで強くないものの、やはり迫力ある爆乳のインパクトと、それが自在にかたちを変える視覚面でのエロさがすごい。

「んー、でもやっぱり、ぴゅっぴゅって、せーしをいっぱい出すならこういう動き……ですわよね。ん、しょ」

「おぉ……！」

彼女はその爆乳を今度は、上下へと動かし始める。

「ん、なんかすごく肌に吸いついてくるみたいで、おちんぽがおっぱいの中で、ずりゅずりゅ動いてますわ……」

大胆に胸を動かすユニア。

汗ばむおっぱいに包まれている肉棒が、しっかりと擦り上げられていく。

「ん、ふぅっ、あぁ……」

すっかり乳おまんことなった肉房が、俺を刺激してくる。

膣内とは違い、そこまで濡れているわけではないので、なかなかスムーズにはいかない。

しかしそのもどかしさが、独特の刺激になっていたのだった。

「ん、しょっ、ふぅっ……♥」

そんな爆乳パイズリも気持ちいいが、真剣な様子でご奉仕しているユニアの姿に、別の欲望もわき上がってきてしまう。

「ユニア……！」

「あっ、きゃっ♥」

俺は身を起こすと体勢を入れ替え、彼女をベッドへと寝かせる。

仰向けになった彼女が、どこか期待したような目で俺を見つめてきた。

「どうしたのかしら？　なんだかジャネイ、すごくえっちな目をしてますわね♥」

「ああ、もう我慢できなくてな……」

健気なお嬢様を、思い切り犯したい。

そんな欲望に包まれて、押し倒した姿勢のままの彼女を見つめた。

「けだものみたいですわ♥　ええ、ジャネイのしたいようにしてくださいませ」

「ああ……わかった」

その言葉に誘われるように、彼女の足を大きく開かせた。

「んんっ……♥」

短いスカートを脱がせ、がばっと広げてしまうと、あとは下着だけになる。

彼女のそこはもう濡れており、張りついて割れ目のかたちがわかるようになっていた。

すっかりえっちな女の子になったユニアは、もう十分に感じていたらしい。

これなら大丈夫そうだ。

そんな彼女の下着も脱がすと、濡れたおまんこが剥き出しになる。

「あっ……♥」

肉竿を待ちわびるかのように、愛液をこぼしているその割れ目。

俺は昂ぶりのまま、そそり勃つ肉竿を可愛らしい秘穴へと宛がった。

「あぁっ♥　ジャネイの硬いのが、入りたがってますわね……んんっ♥　とっても熱い……」

入口を亀頭で擦ると、こぼれ出る愛液が肉竿を濡らしていく。

足を大きく広げたままなので、ユニアの濡れたおまんこが、誘惑するようにこちらへと差し出されている。俺はまだ経験の浅い秘部を気遣いながらも、狙いを定め、ぐっと腰を押し進めていった。

「んはぁっ♥　あっ、ん、くぅっ……！」

もう、初めてのときとは違う。挿入しただけでも、気持ちよさそうな声を聞かせてくれた。

たっぷりと濡れていたおまんこが、肉棒をスムーズに受け入れていく。

「あふっ、ああっ♥　太いの、んぁ、入ってきてますわ……！」

「ああ……気持ちいい穴だよ」

早くも蠕動し始めた膣襞《ちつひだ》が、侵入する肉竿を刺激してくる。

「んはぁっ♥　あっ、すごい、んぅっ♥　ジャネイのおちんぽが、んぁ、いきなりあたしの奥まできて、ああっ♥」

「ユニア、うっ……」

求めるようにおまんこをこちらに差し出した姿勢の彼女。

その爆乳もよく見え、快感に歪む表情もとてもエロい。

「あっ♥　ん、はぁっ、んぅっ♥」

豊かなボリューム感で柔らかそうな爆乳と、突き出されている秘部。見下ろすには最高だ。

俺はそんな彼女の蜜壺を、ぬちぬちとペニスでかき回すように動いていく。

「んはぁっ♥　あっ、ん、ふぅっ……！」

優しい突きだが何度も往復させれば、膣襞と肉棒が熱くこすれ合っていく。

「あっ♥　んはぁ、ああっ……♥」

少しずつ強め、大きく腰を振るたびに、彼女の身体も揺れていった。

はしたないほどに足を広げられ、従順さをアピールしているかのようなユニア。

この姿勢でも張りを失わない大きなおっぱい。それが、むにゅむにゅと柔らかく形を変えていく。

その姿はさらに俺を昂ぶらせて、ピストンの速度も上がっていった。

「んぁ、ああっ♥　また奥まで、おちんぽきて、ああっ！」

しっかりと肉棒を咥えこんだおまんこが、きゅうきゅうと締めつけてくる。亀頭の先には、こんこん子宮口が当たっていた。

「んはぁ、あっあっ♥　ん、ふぅっ！」

「ユニア、うっ……！」

「すごいですわ、んぁっ♥　いちばん奥まで、おちんぽズンズンきて、あっあっ♥　んはぁ、あっ、あぁっ！」

　彼女が嬌声を上げながら、俺のひと突きごとに乱れていく。

　それに合わせるように蜜壺もうねり、お互いの快感を膨らませていった。

「んはぁっ！　あっ、ん、くぅっ♥　ああっ！」

　お嬢様にあるまじき、はしたない体位。それを俺だけが堪能できるのがまた素晴らしい。

　俺も徐々に高まり、ピストンに力を込めていった。

「んあぁっ！　ん、くぅっ♥　あぁ、もう、イクッ、イっちゃいますわっ♥　あっ、ん、はぁっ！」

「いいぞ、そのままイってみろ、ほら」

「うくぅっ！　んっ♥　あっ、ああっ！」

　ズンッ、ズンッと奥まで肉棒を届かせながら、最後の抽送を行っていく。

　うねる膣襞をかき分け、突きほぐし、おまんこの全部を犯していった。

「んひぃっ♥　あっ、ああっ！　だめ、んはぁ、もう、あぁっ！　イクッ、あっあっあっ♥　んぁ、ああっ！」

「ふ、うぅ……！」

　こちらも膣襞に余すところなく刺激され、限界が近づいている。

「ジャネイ、んぁ♥　ああっ！　イクッ、もう、んんぁ、あっ♥　あたし、あふ、ん、イクイクッ、イクウゥウウゥッ！」

「ああ……俺も！」

彼女が絶頂し、そのおまんこが震える。

そして肉竿にもおねだりするように、しっかりと吸いついて締め上げてきた。

その合図で俺もスイッチが入り、もう限界だ。ぐっと奥へと腰を突き出し射精した。

「んはぁぁっ♥　奥っ♥　せーえき、ベチベチあたってますわっ♥　んはぁっ！　熱いの、いっぱい、んぅっ♥」

子宮までゼロ距離での中出しに、彼女が嬌声を上げていく。

それでも膣襞はしっかりと肉棒を締め上げて、精液をさらに搾り取っていた。

それに負けじと、ぐいっともう一段、子宮口を亀頭で押し込んでやる。

「ああ……あっ♥　いっぱい、ん、ふぅっ……♥」

全てをしっかりと注ぎきってから、肉棒を引き抜いていく。

「んあぁ……♥」

彼女は小さく声を漏らし、ようやく足を下ろしていった。

「あぁ……今日もすごかったですわ、んっ……♥」

満足げなユニアを見つめながら、俺も隣へと倒れ込む。

「お腹の中に、ジャネイの精液を感じますわね。濃いのがいっぱい……♥」

しっかりと奥に注ぎ込んだこちらも、その余韻に浸っていく。

そしてそのまま、しばらくはのんびりと過ごしていくのだった。

第四章　お姫様との邂逅

しばらくの時間が過ぎ。

元々あった派閥は軒並み弱体化したが、かといって代わりに出てくる者がある訳でもなかった。

その結果として俺だけが教会内で目立ち、勢力を伸ばしていくことになる。

元の派閥においては、トップが軒並み年齢を重ねた男性だったというのも大きかっただろう。

女性と身体を重ねることが重要となった教義の上では、なかなか力を発揮できないようだ。

女性だけが教義に忠実になっていく中で、そのバランスを壊すのが俺だ。

対抗馬もなく、さらにはユニアの後ろ盾まで得たことで、その勢いは十分なものになっていった。

どこの生まれかもわからないような元準司祭では難しかった支持層も、枢機卿の娘という威光があれば、皆の見る目も変わってくる。

そうして力を増していくうちに、ユニアの父である枢機卿までもが、俺に直接的に力を貸してくれることとなった。

彼自身も野心家ではあった。しかし常識改変の行われたあとでは、すでに年齢的にも無理があり、女性たちに迫られても応えられず、半ば引退に近い状態だった。

そこで娘の派閥に合流した俺に目をつけ、そういうことならと、後押しを約束してくれたのだ。

俺はそういった派閥を引き継ぐような形でも勢力を拡大させていき、その勢いはさらなる力を呼び込んでいった。

それはもはや自分自身にもコントロールできない流れであり、俺を上へと押し上げていく。

欲望が欲望を、力が力を呼び、気がつけば俺は教会内のほとんどのことに影響力を持つほどになっていた。

もちろん階位は、すでに上級司祭だ。

ユニアの父親以外にも、枢機卿の多くはもう俺たちのグループだった。

改変されたこの世界で積極的に女性を受け入れていく俺は、気がつけば一種の救世主であるかのように扱われている。男性司祭が逃げ出すほどに追い詰められていた教会内だったが、俺の存在があるおかげで、外部への面目も立っているようだ。

そのせいか、ついには「聖者」などといった大袈裟すぎる称号まで与えられてしまったが、事が子作りに影響することなので、ある意味ではほんとうに救世主と言えなくもないのだろう。

街の人々、とくに女性たちからも、俺は圧倒的な支持を受けている……らしい。

もちろん全ての女性を相手に出来るわけではないが、教会としても可能なかぎりのアピールをしているようだ。

分《わ》け隔《へだ》てなくセックスできる絶倫司祭。言葉だけ見ると酷いものだが、この今の世界にとっては、最高の男だということになる。最近は国中で、男性の草食化がさらに問題としての度合いを増しているのだ。逃げ出した司祭たちのように、男だけで集まり、女性を避ける事態が起こっている。

だからこそ俺は、もはや教会そのものの顔になりつつあるのだった。

それと同時に教会の威光も、国内で増していくことになった。

信徒もますます増え、セックス推奨の教義も熱心に受け入れられている。平和な時代にあって失われつつあった信仰心が、悩める女性たちを中心に、かつてないほどの盛り上がりを見せていた。

そうなれば俺もまた、自分の仕事への誇りを高めることになるのだった。

●

上級司祭として執務室を与えられた俺は、そこで仕事をするようになった。掃除と祈りばかりだった準司祭のころとは大違いだ。

とはいっても、俺の場合、書類仕事自体はそう多くない。

最近は特に、求められるまま各所に顔を出す、講話などの依頼が増えていた。

俺は各地に赴いて、教義についての話をしていく。

信仰に熱心な女性はもちろん、聴衆には男性も多かった。消極的になっているとはいえ、性欲がまったくないというわけではないからだろう。妻や恋人への罪悪感はあるらしい。

上手く彼らを刺激できれば男性機能も活性化され、夫婦生活ぐらいは行えるようになる。

地方ではまだまだ、教会の新しい教義が行き渡っていないので、説法による効果が出やすい。

そうなれば教会の力を示すことができるから、俺の評価も上がっていくのだ。

ただ、教会の中ではどうしても、俺がシスターたちの相手をすることになってしまう。男性司祭たちは、教義に触れてもどういうわけか奮い立たず、まだまだ奥手なままだ。

そのため地方から戻ってくると、欲求が積もってしまったシスターたちに囲まれ、毎日求められるのは相変わらずだった。

まあ、俺としてはそれも幸せだから、よいのだけれど。

ただ、いくら俺の精力が増しているといっても限界はあるので、もう少し頑張れる男性がいたほうがいいかな、とは思っている。

かつてではあり得ないくらいの出世もしているし、俺の地位はもう盤石だろう。

今からなら俺以外に性欲旺盛な男性が現れても、困るということはない。

「本格的に、そういう男性の教育に力を入れていくのも、いいかもしれないな……」

教義に沿った信奉者を育成する部門を設け、俺が指導に本腰を入れる。そうすれば、精力を取り戻せた地方の男性たちのように、教会内でも改善が見込めるかもしれない。

セックスに耐えうる男性が増えると、俺の独自性は失われるかもしれないが、それももう問題ないだろう。

地位としてはすでに上り詰めた。そのうえで聖者として教育を主導するのだから、そこで上手くいくならもちろん手柄になる。それでこそ、救世主というものだろう。

そんなことを考えながら過ごしていたある日、ついに俺に、王城からの呼び出しがかかったのだった。

呼び出されたとはいっても、問題があったわけではないと思う。

国民に再び指示され始めた教会と、より親密になりたいという話のようだ。

元々、この国の王族たちは教会に好意的であり、国教としても取り立ててくれているほどである。

そのため、教会との密な交流はもちろんあるのだが……今回は俺を個人的に指名してきた。

それは教会としても、とても珍しいことだった。

「すごいですね、ジャネイさん！」

その話を横で聞いたリーリスが、テンション高く言った。

「ああ……驚いたよ」

彼女には上級司祭となった今でも、補佐としてついてもらっている。

今の俺には彼女以外にも、外部とのやりとりやスケジュール調整をしてもらう付き人がいるが、頼れる存在として最も側にいてくれるのがリーリスなのは、変わっていない。

それは、俺が強く望んだことだった。

地方を回るときも、彼女はもちろん一緒だ。

だから彼女には、城に呼ばれた件でも一緒についてきてもらうことになるだろう。

「でもいったい、どんなお話なのでしょうか」

「わざわざ城まで呼ぶくらいだから、それなりに大事な用件なんだろうな」

教会とより密接に交流したいという主旨だということは、使者からも内々には聞いている。

だから、悪いことではないのは確定しているが……。

詳細まではわからないし、直接俺だけに伝えたいというくらいだから、心配はあった。

こちらの出方次第になるような、重要で内密の話、ということなのだろうか。

「まあ、とりあえずは良い話だということだし、実際に聞いてみてからだな」

とはいえ、王族からお呼びがかかるようになるなんて、俺もすごいところまで来たものだ。

初めて枢機卿に会ったときにも、かなり緊張したことを思い出す。

なにせこっちは少し前までは、ごく普通の準司祭だったのだ。

上級司祭のユニアにさえ、会う機会すらなかったくらいなのだし。

それが最近では枢機卿だけでなく、教会内のお偉いさんと会うことは、もう日常になっていた。

教皇と顔合わせをしたときなんかは、もうそういうことに慣れすぎていて、さほど緊張しなかったくらいだ。

そしていよいよ国王と会うことになる。出世という目的の頂上が、見てきた気がした。

●

「わっ、すごいですね」

リーリスが馬車の窓から顔を出し、城を見上げながら呟いた。

招待された俺たちは、教会の馬車で出向くことにした。

上級司祭である俺と、その補佐であるリーリス。

呼ばれたとはいえ、俺たちだけでは荷が重い場所だ。

だから教会としても、ユニアの父親である枢機卿をつけてくれていた。彼ならば登城した経験があるし、俺の後ろ盾でもあるから頼りになる。

場所を降りるとすぐに、案内役の兵士たちがやって来た。

しかし……ついに王城か。

本来なら俺なんかと縁があるとは思えない、この国で一番偉い人が過ごしている場所だ。

教会も大きな建物であることに違いはないが、もちろん城はさらに数段は大きい。

備えとしての武装の気配もあるため、放たれている気配はだいぶ違うものだ。

まあ、教会だって信徒たちからすれば、神秘的で荘厳な雰囲気を感じさせるのかもしれない。

俺たちはそれに慣れきっているから、鈍くなっているけれどな。

初めて入る城のそんな光景に非日常を感じながら、俺たちは兵士たちに案内されて城内を進んでいく。

もっとも立派な大聖堂が敷地の一番手前にある教会とは違い、城は基本的には、一般人が立ち入るような区域は用意されていない。

俺たちはそのまま奥へと通され、応接用の部屋へと案内された。

広い作りの部屋には大きな卓があり、入ったのとは反対側にも出入り口があった。

そちらの扉の左右には、護衛らしき兵士が立っている。

俺たちは案内役に促《うなが》され、入ってすぐの席に着いた。

俺の隣はリーリス、逆側に枢機卿だ。

枢機卿のさらに隣には、彼の従者が座っている。そんな彼もまた、教会では上級職だ。

程なくして、もうひとつあった扉から四人の人物が入ってくる。

一人は入ってきてすぐに、ドアの横へとよけて立ったままなので、おそらくは護衛なのだろう。

堂々とした中心の人物が王様で間違いなさそうだ。

隣は若い女性で——着飾った様子からするとお姫様といった感じだが……なぜこの場に？

そして、そんなふたりに気を遣うその振る舞いからすると、最後はおそらくは家臣のようで、見た目の年齢はいちばん高かった。

と、そんなふうに思いながら王様たちを眺めていると、隣にいるリーリスがものすごく緊張しているようだった。

まあ、無理もないか。王様だしね。

それに比べると、我ながら面白いが、俺は意外なほど落ち着いていた。

リーリスの様子を見たからというのもあるだろうが、やはりこういった身分違いの人々との謁見に慣れてしまったのかもしれない。緊張というだけなら、地方での演説のほうがよほど緊張する。

「よく来てくれたな」

若そうに見える王様が、何気ない調子で話しかけてきた。

けれどその声やたたずまいには、不思議な威厳がある。

権力者としてのオーラのようなものと、その逆に軽い語り口。それはよいバランスだった。

まずは枢機卿が王様に応え、それに習う形で俺も挨拶をする。

そうしてまずは形式的な話が続き、やり取りが終わったあとで王様のほうが切り出した。

「うむ。教会とはこれからも、よりよい縁を結びたい。そしてその姿勢を見てからにはなるが……どうかな、ジャネイ。私の娘――クィンティーと結婚するというのは」

「………………!」

あまりに唐突な申し出だった。これには、さすがの俺も驚いてしまう。

お姫様と、結婚!?

思わず目を向けると、王様の隣でおとなしく座っていた少女、第三王女だというクィンティーと視線が合った。

彼女は俺に笑顔を向けている。どうやら……というか当たり前といえば当たり前だけれど、彼女のほうはあらかじめ知っており、驚いてはいないようだ。

むしろ俺の横から、リーリスが激しく動揺しているのが伝わってくる。

状況的にも声にこそ出してはいないが、「すごいですね、ジャネイさん！！！」という、いつものリーリスの叫びが聞こえてくるかのようだ。

ともあれ、お姫様であるクィンティーとの結婚……か。

それはあまりに衝撃的だ。予想外すぎる。

今でこそ上級司祭になり、救世の聖者だとか、自ら伝道を行う救世主だのとたいそうな持ち上げられ方をするようになったけれど、俺は特別な家系などではない。

少し前までは、どこにでもいるような、要領の悪い平民出の準司祭だった男だ。

当然、お姫様と釣り合うような身分の人間じゃない。

俺で大丈夫なのだろうか、という疑問が純粋に浮かぶ。

ただ、そんなことは向こうではとっくに確認済みだろう。

それでも、今の俺ならふさわしい、と。それほどまでに評価されているということなのだろうか。

そうなればもう、俺のほうから断る理由というのはない。いや、断れない。

もちろん実際に交際してみて、彼女との相性があまりにも合わないとか、そういうことなら話は違ってくるとは思うけれど。お姫様にも、好みはあるだろうしな。

そこでまた、ちらりとクインティー姫のほうへ目を向ける。

すると、話題の中心でもあるお姫様は、俺の視線に気づいて笑みを返してきた。

そして小さく手を振るようにしたものの、すぐに王様がチラリとそれを見とがめたので、さっと止めてしまった。

ばつがわるそうにしている様子はちょっとかわいらしく、お茶目だ。あまり気取ったところのない女性なのかなという印象だった。

ともあれ、基本的には。

俺はその話をありがたくお受けするというスタンスで、話を進めることになった。

王様としても即決定ということではなく、さきほども姿勢を見るといったように、それを踏まえて教会内でも話してみてほしい、ということのようだ。

その猶予期間については、少しほっとした。

王族のほうから、「なんとしても！」という勢いでこられると、どうしようもなくなってしまう。

国自体も今はまだ安定しているし、教会との政略結婚が必要だというわけでもないのだろう。

ただ、教会の勢いは確実に増しているし、そこで頭一つ抜けて目立つ存在がいたから調べたら、姫と年齢的にもちょうど良かった……という流れのようだ。

そう思うと軽いようだけれど……実際はもう少しいろいろな面での、貴族らしいパワーバランスについての考えがあったのだろう。

その意味でも、クィンティーは第三王女であり、継承順位としてはだいぶ低い。

このまま結婚したとしても、俺が城に住む必要はない。

むしろ彼女が王籍から抜け、与えられるであろう何らかの爵位と共に、街に下るという形になるはず。俺は教皇ではないから、そういったことは難しくないとのことだった。

おそらくは、領地を持たない公爵とか、そういうことになるのだろうか。

貴族のことは詳しくないのでわからないけれど、いずれにせよ、俺が政治をどうこうするとか、そういう結果にはならないだろう。

ただ、教会内での立場はまた変わってくるかもしれないな。

縁談話を前向きに受けることになったので、まずはお互いを知ってほしいということで、俺は少しの間、クィンティーと暮らすことになった。

そこでいったんは謁見もお開きとなり、王様やクィンティーが部屋を去る。

残されたのは俺たち教会から来た四人と、元々いる衛兵だけとなった。

「す、すごいお話でしたね、ジャネイさん……！」

あまりのことに、リーリスでさえ普段ほどの勢いがないくらいだ。

「ああ……びっくりだな」

「なかなかない話だぞ、これは」

枢機卿ですら、動揺を隠せずに驚いている。

「いや、しかし最近のジャネイを考えると、あり得ない話でもないのだろうな」

枢機卿はそう言うと、目を細めて俺を見た。

「いや、ここまでの用件だったとはな。ジャネイには驚かされてばかりだ」

年長者からしみじみと言われると、俺もなんだか、むずがゆくなってしまう。

父親ほどの年齢である枢機卿に、そこまで評価されるというのは、感慨もひとしおだ。

同じ組織のなかで、ずっと見上げていた人からの言葉だからこそ、王様からの話よりもさらに、今回の件の重大さを実感しやすい。

「さて、私たちはここで、もうしばらく待つことになるだろう。ジャネイにはじき、迎えが来るだろうしな」

「ジャネイさん、またあとで。頑張ってくださいね！」

「ああ、わかったよ」

そんなリーリスたちに送り出され、俺はお姫様であるクィンティーと、改めて話しをすることになるのだった。

●

部屋に通され、そこでクィンティーと改めて顔を合わせることになった。

もちろん部屋の外には人が控えているが、室内にはふたりきりだった。

「ジャネイ、よろしくね」

そう言って、屈託のない笑みを浮かべる彼女。

黒いツインテールに、小柄な体型だ。

先程テーブルについていたときよりも、こうして近くに並ぶとさらに小さく感じられる。

第三王女であるクィンティー。

彼女は俺よりも年上のはずだけれど、華奢なこともあってか、かなり若く感じられる。

「お姫様とこうして会うなんて、初めてです……」

そこから挨拶を切り出していくと、彼女は首を横に振った。

「あまり気にしなくていいよ。ジャネイは貴族じゃないし、堅苦しいの、好きじゃないでしょ？　わたくしもあまり、そういう貴族の決まり事っぽいのは、得意じゃないし」

「それは、助かるけれど」

しっかりとした身分制度がある貴族社会とは違い、俺たち一般人は、あまり仰々しい敬語を使うような環境にないしね。

教会でだって上の人に気を遣うことはもちろんあるけれど、さらに大前提として、神の前では皆平等……という教義がある。

何もかもが平等とまではいかないけれど、神を前にすれば人の上下などささいなもの、という教えがあるため、比較的緩やかだ。

「このお話が上手くいけば、一緒に暮らすことになるんだし。気楽な関係のほうがいいでしょ？」

「それもそうだな」

俺はうなずいた。

クィンティーは背が低いこともあって幼く見えるし、その声もかわいらしい。

だがどうやら、年上というだけあってか、上手く気を遣ってくれているようだ。

彼女自身が貴族的な振る舞いを好きじゃないというのは、本当かもしれないけれど。

第三王女であり、王位継承権の順位が高くない彼女は、お姫様として甘やかされ、箱入りで育てられていると聞いていた。

帝王学としての勉学や、貴族社会での振る舞いを詰め込まなければいけない王子たちとは違って、自由に育てられたらしい。

そのため、のんびりとした女性だという話を、噂《うわさ》程度ではあるが聞いていた。

実際にこうして話してみても、今のところは、その噂通りといった感じだ。

貴族としての威圧感はまったくないし、形式的な儀礼に不慣れな俺にも、楽にしていいと言ってくれている。よくあるような、平民を見下した様子も、彼女からはまったく感じられない。

「クインティーは……この結婚についても、前から知っていたのか？」

「聞かされたのは、ちょっと前かな。ジャネイは、有名人なんだってね」

「最近、ちょっとだけ目立ってる程度だよ」

聖者なんていうのも、身に余る呼称だ。

それこそ何百年も前にいた、特殊で英雄的だった司祭みたいだ。大仰な呼ばれ方もしているけれど、俺自身はたいそうなものじゃない。

お姫様と同じ部屋にいるというだけでも、不思議なくらいだ。

「わたくし、あまり世の中のことは知らないのだけれど、メイドたちからいろいろと聞いたわ」

いろいろ……か。まあ、俺が目立つ点なんて、一つしかないのだけれど。

「大切な教義に忠実なのも、それによってたくさんの人々を目覚めさせるのも、すごいことだと思うわ！」

彼女はまっすぐにそう言った。

飾るところのない彼女の様子に、俺の緊張もほぐれていく。

そして俺たちは、ゆったりと互いのことを話していった。

といっても、俺のほうのことは、彼女はほとんど知っていた。メイドたちの情報力も侮《あなど》れないな。

だから、俺から付け加える情報はなかったのだけれど。

常識の改変前のことを突っ込んで話すと、なんだかおかしなことになるしね。

俺ひとりだけが、改変からはぐれたあの日。

その原因であろう三日間の礼拝において、俺は教義に目覚め、聖者になった……ということになっている。俺からすれば変わったのは世界のほうだが、世界側からすると逆なのだ。

あの礼拝で俺は神の啓示を受け、この世で最も教義を実践できる司祭になった……というような扱いになっている。

その後のことは、クィンティーがすでに情報として仕入れていたので、説明の必要はなかった。

だから俺は、彼女のほうの話をたくさん聞いた。

第三王女である彼女は、政治的な部分に触る必要もないことからやはり、のびのびと育てられたということだった。

明るく、人なつっこい性格なのは、そのためだろう。

権力に驕《おご》った部分がないのは、まさに余裕を持ったお姫様、という感じがする。

彼女の話を聞いていると、上手くやっていけそうな気分になった。

どこか無邪気な雰囲気も、今の俺にとっては新鮮でもある。

そうして互いのことを話していくと、自然と距離も近くなってくる。

そこで、彼女が切り出してきた。

「ね、ジャネイ」

「うん？」

こちらをのぞき込んできたクィンティーは、好奇心旺盛な女の子のようでありつつ、どこか大人びた妖艶さも持ち合わせていた。

「わたくしにも、おしえてくださらない？　その、教義のこと、とか」

「ああ……」

清純でありながら、改変後の世界らしく性に積極的でもあるその姿に、俺の欲望が疼《うず》いた。

「そうだね。これから、長い付き合いになるだろうし。しっかりとわかり合おう」

そう言って、俺は彼女を優しく抱き寄せた。

「んっ……」

素直にこちらへと身体を預けるクィンティー。

小さく細い身体。それでいて胸の膨らみは大きく、その柔らかさを俺に伝えてくる。

「すごく……ドキドキする……♥」

少し顔を赤くして、彼女が俺を見上げた。愛玩動物のようにかわいらしい様子に、俺は引き寄せられていく。

「んっ……」

まずは軽く、唇が触れあうだけのキスをする。

「ジャネイ、んっ……」

彼女はくすぐったそうにしながら、唇を突き出してきた。

そこに、もう一度キス。おそらくは、経験はないはずだ。

「んぅ……もっと、してほしい……。ドキドキしちゃう」

「わかった……」

俺は彼女を抱き上げ、ベッドへと連れて行く。部屋には最初から、そのための準備があったことには気づいていた。

文字通りのお姫様だっこだから、こちらまで楽しくなってくる。

「あぁ、これ、なんだか恥ずかしいけれど、嬉しい感じがする、んっ……」

彼女は抱かれた状態で、俺を見上げる。

素直で初心《うぶ》な様子に、俺のほうもなんだか甘酸っぱい気持ちが湧き上がってきた。

そのまま、彼女を優しくベッドへと横たえる。

「あぁ……♥」

「脱がせるよ」

彼女の服へと手をかけ、まずは胸元をはだけさせていった。

「んっ……」

すると、たゆんっと揺れながら、大きなおっぱいが現れる。

彼女自身が小柄で、腰も細い。華奢な女の子をイメージさせる中で、そのおっぱいだけは、成熟した女性としての存在感を放っていた。

俺はその初々しい双丘に、手を伸ばしていった。

「あっ、んっ……♥」

むにゅんっと、手を受け入れておっぱいが柔らかくかたちを変えた。

「あぁ……男性に……触られちゃってます……んっ」

クィンティーは小さく声を漏らす。

彼女は顔を隠して恥ずかしさを誤魔化しているようだけれど、それでも抵抗はせずに、俺の手を受け入れていた。そんな王女様のやわらかおっぱいを、両手で揉んでいく。

「んっ……はぁ……」

彼女は羞恥の声を上げながら、それを受け入れていった。

「ん、はぁ……大きな手が、ん、わたくしの胸を、んっ……」

クィンティーの声を聞きながら、俺はその巨乳を楽しんでいく。

お姫様のおっぱいが俺の手でかたちを変えている様子は、感触そのものの気持ちよさに加えて、優越感のような興奮を抱かせる。

「あん、ん、ふぅっ……」

高貴なおっぱいを、むにゅむにゅと揉んでいく。この乳房に触れられる男は、そういない。

「あふ、そ、そんなに、ん、おっぱいばかりを触られると、んっ……」

「嫌だった？」

俺が尋ねると、彼女は小さく首を横に振った。

「嫌じゃ、ないけど、んっ……変な感じになっちゃうからっ……。こんなの……知らなくて……」

そう言って恥じらうクィンティーの姿はかわいらしく、俺の興奮は増していく。

そのまま、彼女への愛撫を続けていく。

「あっ、ん、ふぅっ……」

「乳首、反応してきてるな」

豊かな双丘の頂点で、彼女の乳首がつんと尖ってきている。

俺はその乳首を指先でいじっていった。

「あんっ♥　ん、はぁっ！」

彼女がかわいらしい声をあげる。そのまま指先でくりくりと乳首をいじっていった。

「あっ、ジャネイ、ん、はぁっ……！」

ぷっくりとした乳首をいじっていくと、クィンティーが未知の快感に震え始める。

「あっ♥　ん、はぁ……そこ、ああっ！　乳首、んぁ、そんなにいじられたら、あっ、はぁっ……！」

「だいぶ敏感みたいだな」

彼女の反応を見て、俺はさらに重点的に乳首への愛撫を行っていった。

「あ、だめ、ん、はぁっ♥」

柔らかなおっぱいの中心で、しこりのように弾力ある乳首。

敏感なそれをいじっていくと、彼女がもじもじし始めた。

「あぁ、ん、ジャネイ、あうっ、ん、はぁ……♥」

そのえっちな姿に、俺はテンションが上がっていく。

「んはぁっ……♥　あっ、ん、ふぅっ、わたくし、あっ、なんだか、熱くて、ああっ……♥　奥から、ん、はぁっ……これが……ふつうなのかしら……あっ……♥」

「そうだ……感じるままでいいんだよ、クィンティー」

俺はそんな彼女に声をかけると、一度乳首から指を離し、彼女の服をすべて脱がせていった。

「あぁ……そんな……んっ」

クィンティーはそれを受け入れ、素直に脱がされていく。

そしてあっという間に、彼女は裸同然の姿になっていった。

残っているのは、女の子の大切な場所を隠す、小さな布切れ一枚のみだ。

その下着も滲み出した愛液で濡れ、ぴったりと秘裂に張りついている。

そのため、彼女の割れ目の形状が、下着越しでもはっきりとわかってしまう状態だった。

それはある意味、丸見え以上にエロい。

俺は興奮しながら下着へと手をかける。いよいよ、お姫様のいちばん大切な場所だ。

「んんっ……」

さすがに恥ずかしそうにして、わずかに身じろぎする彼女。逃げはしないが、不安を感じているようだ。俺は彼女を見つめ、安心させながら下着を下ろしていく。

「あぁ……♥」

股間に愛液が糸を引くのが、とてもいやらしい。

下着を脱がせ切ると、クィンティーの秘められた場所が外気にさらされる。

まだ何者も受け入れたことのない清楚なおまんこは、しかし期待に蜜をあふれさせていた。

その秘めやかなエロさに惹かれるように、俺はクィンティーの割れ目へと指を伸ばす。

「んはぁ……あぁ……♥　わたくしのアソコに、ん、ジャネイの指が、あぁ……♥」

彼女は小さく声を漏らした。

ちゅく、と水音を立てながら、俺の指にいじられていくおまんこ。そこはヒダが薄く、これまで見たなかでも、とくに愛らしい姿の秘裂だった。

「あふっ、ん、はぁ……」

俺はまず、その割れ目を傷つけないよう、優しく往復していく。

「ん、はふっ……」

お姫様のおまんこをいじっているのだと思うと、ドキドキしてしまう。

「ん、あぁ……」

指先に愛液を塗りたくり、そっと割れ目を押し開く。

「あっ、あぁ……♥　わたくしの、ん、中……ジャネイに見られて、あっ♥」

恥ずかしそうにしつつ、感じていくクィンティー。

快感を堪えながら身悶えるその姿に、興奮は高まる一方だった。

くぱぁと押し開いた内側は綺麗なピンク色で、純血の証も見えている。

そんな彼女のおまんこを、俺は慎重に愛撫していった。

「あぁ……すごい、ん、はぁ……アソコ、触られてる、あっ♥　ん、はぁっ……」

彼女は恥ずかしそうにしながら、俺の指を受け入れている。

「お腹の中から、あっ♥　どんどん、あふれてきちゃう……♥」

言葉通りに愛液がとろとろと溢《あふ》れだして、俺の指をふやかしていった。

「あぁ……ん、はぁ……あふっ……♥」

俺は飽きることなく柔らかな秘裂をいじり回し、彼女を感じさせていく。

「あぁ……ん、はぁ、あふっ……」

気持ちよさそうに声を出していくクィンティー。

俺は秘穴をほぐすように、そのおまんこをいじっていった。

「あぁ……ん、はぁ、あふっ！　わ、わたくし、ん、あぁ……♥　はしたないくらい、あっ、感じてしまいそうで、んはぁっ……♥」

「いいよ。好きなだけ感じて、未来の妻のエロい姿を、もっともっと見せほしい」

俺がそう言うと、彼女の中からまたじわっと蜜があふれ出した。

「ああ……♥　そんなこと、ん、はぁ……言われて……えっちなところまで、あっ♥　見られて、触られて……♥　ん、ふぅっ……♥」

処女のクィンティーが、しっかりと高まっていくのを感じる。

その膣口もひくひくと震え、初めての快感に喜んでいるようだった。

「あっあっ……ん、はぁ、ああっ……！」

彼女の嬌声が一段高くなる。

俺はもう少しだけ準備しようと、くちゅくちゅと蜜壺をいじっていった。まずは一度、快感を教えておいたほうがいいだろう。

「あぁつ♥　ん、はぁ、あっ……わたくし、あっ。なにか、来ちゃう……♥　ん、はぁっ、あっ、ああっ……♥」

彼女はきゅっと身体に力を入れながら、下半身への刺激を受け止めているようだ。

俺はそのまま、愛撫を続けていく。

「あっあっ♥　ん、はぁ、わたくし、あぁっ……♥　これ、んあっ、気持ちよくて、あぁ、ん、くぅっ……♥」

ピクンと身体を跳ねさせるようにして、クィンティーが声を上げた。

おそらく、軽くイったのだろう。細い腰と、白いお尻が震えている。

そのかわいらしくもエロい姿に、俺の欲望も膨れていく。

「あふっ、ん、はぁ……ジャネイ、ん、あぁ……」

「気持ちよかった？」

「はい……♥」

俺が尋ねると、彼女は小さくうなずいた。

「わたしのアソコ、ん、奥のほうから、きゅんきゅんして……♥　あふっ……」

気持ちよさそうにしながら答える。

「ね、ジャネイ……。続きも、して……もっと教えてください」

「ああ、もちろんだ」

「わたくしの、ん、この中に……ジャネイのを、あぁ……♥　入れてくださるんですよね？」

お姫様が恥ずかしがりながらおねだりする姿に、俺は高まってしまう。

「そうだね……それじゃ、クィンティー」

俺は彼女の身体を起こすと、四つん這いの姿勢へと導く。

クィンティーも素直に従っていった。

「あぁ……この格好、すごく恥ずかしいですわ……んっ……大切なところを、いやらしく突き出して、おねだりしてるみたいで……♥」

「うん……すごくエロくていいよ」

「あぅ……♥」

俺の指摘に恥ずかしそうにしながらも、おまんこをさらに突き出してくるクィンティー。

そのエロかわいい姿に、俺ももう我慢できない。

「それじゃ、いくよ」

「はい、きて……♥」

俺は服を脱ぎ捨てると、滾った剛直をその入り口へと宛がう。

「あぁ……これ、ん、硬いのが、当たって……♥　これがジャネイの、ん、おちんぽ♥」

「そうだ。これをクィンティーに、ゆっくり挿れていくよ」

「はい……ん、はぁ……♥」

俺は入り口をつんつんと刺激して、肉棒を愛液となじませていく。

「あぁ……ん、はぁ……♥」

彼女は甘い声を漏らして、小さく腰を動かした。

その動きがまるで、早く挿れてほしい、おねだりしているようで、ますます興奮する。

実際にも、焦らすような刺激で疼いてしまっているのかもしれない。

俺はそんな彼女の細い腰をつかむと、ぐっと腰を前に進めていった。

「んはぁ、あっ、中に、ん、ふぅっ……♥」

ずっ……ずるっ……と、ゆっくりした速度で肉竿が彼女のおまんこを押し広げ、進んでいく。

すぐに亀頭は、処女膜に突き当たった。

そのままさらに前へ。俺が進むことで膜が裂け、ぬぷっと肉棒が迎え入れられた。

「んはぁっ！　あっ、んっ……！」

熱い膣内に、肉棒が入り込んでいく。

「あふっ……ん、はぁ……！　すごい、大きいのが、あっ……わたくしの中に、ん、ふぅっ……いっぱいになって、あぁ……！」

初めての男性を受け入れて、クィンティーが少しきつそうな声を出した。

処女穴はやはり狭く、肉棒をぎゅっと締めつけてくる。

俺はそんな膣内が侵入に慣れるまで、しばらくじっとしていた。

「はぁ……ん、はぁ、ふぅっ……」

動いてはいなくても、濡れた膣襞が細かく震えて亀頭を刺激してくる。

それは俺を求めているかのようで、気持ちよさをしっかりと送り込んでくるのだった。

「ん、はぁ……すごいね、これ……。これが……子作り……あぁ……おちんぽが、わたくしの中を押し広げて……ん、あぁ、はぁ……」

「すぐに……もっとよくなるさ」

俺は彼女の細い腰を軽くなでながら、うなずいた。

しばらくしてクィンティーが落ち着いたところで、ゆっくりを腰を動かし始める。

「んはぁ、あぁ……それ、すごい……おまんこ、あっ、おちんぽが、ずりゅっ……ずりゅっ……って動いて、んぁ……♥」

ゆっくりとした動きでも、彼女の声がどんどん気持ちよささそうになっていく。

無垢だった膣道もまた、咥えこんだ男をぎゅっと締めつけてきていた。

俺は襞を意識的に擦るようにして、腰の動きを調整していく。

「あぁ、ん、はぁ……♥」

緩やかに往復していくと粘膜同士がより密着して擦《こす》れあい、強い快感を生んでいく。

「ん、あぁっ♥　すごい、お腹の中、あっ♥　んはぁっ」

四つん這いのクィンティーが、たまらなそうに声を上げる。経験はなくとも、ちゃんと感じられているようだ。

俺はそんな彼女のお尻をつかみながら、さらに腰を押し込んでいった。

「んはぁっ♥　あっ、ジャネイのが、わたくしの奥まで、んぁっ……♥」

狭い処女穴が肉竿をしっかりと咥えこみ、根元まで刺激してくる。

「あぁ……ん、はぁっ……♥」

小柄なぶん、より狭く感じる膣道を、ぐいぐい押し広げるようにしながら往復していった。

「あぁ、ん、はぁ……あぅっ……♥」

「う、クインティー、そんなに締めつけられると……」

気持ちよさに反応して蠢く膣襞。その反応に、俺も追い込まれてしまう。

「あふっ、ん、はぁ……ジャネイ、あっ♥　んぁ……そんなこと言われても、わからないよぉ……。

あぅっ、太いのを、そんなふうに動かされたら、んぁっ♥」

彼女の性感に合わせて、膣道がぎゅっと小刻みに締まる。

肉竿を絞るようにして締められてしまい、思わず暴発しそうになった。

俺ももう、耐えられそうにない。

たっぷりと濡れて、肉棒を受け入れることにも慣れてきている膣内は、もう大丈夫だろう。

俺はペースを上げて、腰を振っていった。

「んはぁっ！　あっ、そんなに、あちこち……んぁ♥　かき回されたら、んぁっ……！」

彼女の嬌声がどんどんと高まっていく。

つられて俺も昂ぶり、腰を振る勢いが増していった。

「んはぁっ！　あっ、んんっ、ふぅっ♥　あぁ、ダメ、ん、もう、あぁっ……♥　イクッ！　あっ

「んはぁっ！　あっ、あぁ……イクッ！　んぁ、これ、気持ちよくて、んぁ♥　あっあっあっ♥　んはぁっ！」

処女とのセックスは一度きり。お姫様との貴重な初体験を、存分に楽しみたい。

きゅうきゅうと締めつけてくる膣内を、夢中で往復していく。

「う、クィンティー、こっちも、うっ……！」

あっ、ん、はぁっ！」

俺はお姫様のお尻に、ぱんぱんと腰を打ちつけていく。不敬であるとか遠慮とか、そんなものは頭にない。ただひたすらに、このおまんこを自分もので汚したかった。

「んくぅっ♥　あっ、ああっ！　イクッ、んぁ、ああっ♥　あっあっ、イクッ、イクイクッ！　イックウウウゥウゥッ！」

「うぁ……！」

びくんと身体を震わせながら、クィンティーが絶頂した。

膣内もさらにキツく締まり、肉棒を追い込んでくる。

「うっ、俺も……出すぞ！」

どびゅっ！　びゅくっ、びゅるるるるるっ！

初の中イキに痙攣するかのような圧力の膣内で、俺は注ぎ込むように射精していった。

「んはぁぁっ♥　あっ、あぁっ！」

中出しの精液を受けて、彼女がさらに悦びの声を上げる。

やっと少し緩んだ膣襞がうねり、肉棒を絞るようにしながら締めつけてきた。

俺はそのまま残らず精液を放ち、亀頭でおまんこ全体に塗り広げていった。

「あふっ、中に、出てる……子種がこんなに……♥　熱いの、いっぱい、んっ……♥」

気持ちのよい射精を終え、惜しみながらも肉竿を引き抜く。

「んぁ……♥」

クィンティーはそのまま、ベッドへと倒れ込んだ。

そして仰向けになると、俺を見上げる。

「ジャネイ……これ、すごいんだね……。とっても気持ちよくて、ん、お腹の奥まで熱くなって……あぁ……♥」

彼女はうっとりと言った。

「結婚したら……もっと……してもらえるよね……ジャネイ♥」

嬉しいことだが、お姫様との子作りセックスだなんて。

あらためてすごいことだなと思いながら、俺も彼女の隣へと転がったのだった。

●

俺たちはどうやら、いろいろな意味で相性もよかった。

それを確認できたことで、俺とクィンティーの婚約は正式に進んでいった。

ただ、あくまで彼女がお姫様から一貴族へと降りてくる形になるので、俺の仕事そのものが激変するわけではない。

俺は変わらずに教会の上級司祭として、各地での講話と教義の実践を行うのだった。

「しかし、驚いたよな……」

俺はひとり執務室で呟いた。

常識改変によって急にモテるようになり、さらにそれが仕事として評価されるようになった。

だからこそ俺は、ハーレム獲得と同時に、社会的にも上を目指すことにした。

その結果としては、考えていたよりもずっとすごいことになってしまっている。

女の子たちに囲まれるだけでなく、お姫様であるクインティーとの婚約までとは。

さすがにお姫様と関係を持つなんてことは、想像すらしていなかった。

今の教義では、たとえ婚約者がいても、他の女性とさらに関係を持つことは推奨されている。

そもそも、一夫多妻が理想だ。聖者であろうと王族であろうと、それは変わらない。

ハーレムであることも、男性側に無理がないなら素晴らしいこととされている。

だから俺は今も変わらずに、女性たちに囲まれていたのだった。

休憩の時間となり、執務室を出て教会の敷地内を歩いていく。

美しい中庭を眺められる、渡り廊下。

そこを歩いていると、数名のシスターが向こうから近づいてきた。

「あっ、ジャネイ様」

彼女たちは俺を見つけると、ぱっと表情を明るくした。

「おめでとうございます！」

「すごいですね」

彼女たちは俺を取り囲むようにしながら、お祝いの言葉を投げかけてきた。

「クィンティー様と婚約されるなんて」

「貴族家ではない、教会の司祭が王族と関わりを持つなんて、ずっとなかったことですもんね！」

「でも聖者であるジャネイ様なら、不思議じゃないですよね」

そんなふうにわいわいと、俺を取り囲んではしゃいでいる。

こうして教会の内側からも驚かれると、あらためてすごいことなんだなと思うのだった。

クィンティーはお姫様だけれど、思った以上に話しやすくて、気立てのよい美少女だった。

そのすごさに対する実感が、出会ったときにはちょっと薄かったぐらいだ。

しかしこうしたシスターたちのの反応で、事の大きさがようやく心にも伝わってくる。

まあ、お姫様だといっても、ひとりの女の子。

こうして縁があって結ばれたのは嬉しい。彼女と暮らす上でやたらと気負ったりはせず、普通に接していきたいとは思う。

「あのユニア様も、今はジャネイ様に夢中ですもんね」

「ジャネイさんと教義を何度も体現なさってからは、ほんとうに楽しそうですし」

ユニアはきっと、俺がいることで派閥のトップとしての重圧から解放されたのだろう。

ユニアも今では、かつてのようなわがまま姫としての奔放さは、鳴りを潜めていた。

そのことで親しみやすくなり、シスターたちからの尊敬も集めているらしい。

「ジャネイさんのハーレムも、どんどん魅力的になっていきますね」

「もちろん、わたしたちも大歓迎です♪　いつでもお声がけくださいね」

そんなふうに明るくハーレムを肯定されることにも、なんだかもう慣れてきた。

ここではそれは、普通のことなのだ。

オープンスケベな日常は、ますます加速していきそうなのだった。

●

婚約の話が順調に進み、クィンティーは教会にいる俺の元を訪れるようになっていた。

箱入りのお姫様であるクィンティーを、外の世界に慣れさせる意味でも、教会はそんなに悪くない場所かもしれない。

市井《しせい》とやや隔絶しているという点では、王城に少し近い。

性に開放的になった以外は以前の通りだから、善良であろうとする空気がそれなりにある。

もちろん、今でも要領よくやるような俗っぽい司祭はいるが、それでも外よりはましだろう。

そういう意味でも、庶民の暮らしを教える段階としてはちょうどよさそうだ。

反対に俺が城で暮らすのは、なかなかハードルが高いだろう。

教会にはある程度の空き部屋もあることから、彼女が正式にこちらへ移るという話も持ち上がっているらしかった。どのみち、いつかは彼女は城を出ることになるので、それも選択肢の一つとしてはありなのかもしれない。

公爵としての屋敷を作るとなると、それなりの時間もお金もかかるだろう。それならば聖者として、教会で暮らすほうが無理がない。

それに彼女自身が、最近は教会に来るのを楽しんでいる。

昼間は教会内で人々と交流し、夜は俺の部屋に戻ってくるのだった。

「ジャネイは布教活動で、いろんなところに行っているんでしょ？」

「ああ、そうだね」

クインティーとの婚姻話もあり、しばらくの間は王都の教会本部で過ごすばかりだった。でも最近はまた、遠方の村を訪れるという話も復活してきている。

「すごいね。わたくしも外へ行ってみたい」

「ああ、どこかのタイミングで、一緒に出かけてみようか」

「いいの？　嬉しい！」

彼女は素直に喜んでくれる。そんな反応には、こちらまで嬉しくなってしまう。

講話を行うときについてきてもらうのでもいいし、休みをとってプライベートでというのもいいだろう。

さすがに、今すぐにふたりきりでというわけにはいかないが、これまでの箱入りなお姫様状態と比べれば、そのあたりは緩くなっているはずだ。

そんな話もしつつノンビリとしていると、彼女はぐいっと身を乗り出してくる。

「ね、ジャネイ、今日はお勉強をしてきたの。ジャネイにも気持ちよくなってもらおうと思って♪」

そんなふうに迫ってくるときの彼女は、無邪気なかわいらしさと女としての艶やかさを合わせ持っているようだった。

「それは楽しみだな」

俺も素直にそう言った。

「うん、任せて♪」

まっすぐな彼女に促されるまま、俺たちはベッドへと向かう。

「それじゃ、さっそく服を……」

そう言って俺の上着を脱がすクィンティーは、すぐにズボンにも手をかけてきた。

「こうして男の人を脱がすのって、なんだかえっちだよね」

どこか無邪気に言いながら、彼女は俺のズボンを下ろしていく。

「ん、しょっ……と」

可愛らしい仕草なのに、やっていることはエロい。そのギャップがなんだかたまらない。

そう思っているうちに、下着も下ろされてしまう。

「あっ、なんだか様子が違う……まだ大きくなってないのね」

そう言って、クィンティーはおとなしいままのペニスへと手を伸ばした。

お姫様のしなやかな指が、柔らかな肉竿をいじってくる。

「うっ……」

「こうして刺激すれば……わっ、ぐぐって反応して……大きくなってる」

彼女の手の中で、肉竿が膨らんでいく。

「す、すごいのね、これ……なんだか不思議、おちんちんって……♪」

彼女は興奮気味に言いながら、手の中で勃起していく肉竿をいじっていた。

「あぁ……すごく逞しい姿に……♥　んっ……大きくなって、ガチガチで……」

そのままにぎにぎと、肉棒を刺激してくる。

「ん、しょっ……生き物みたい……それに、んっ……ガチガチになっていくおちんぽを触ってるだけで、ドキドキしてきちゃう……♥」

戸惑いながらも、臆《おく》せずに肉竿をいじっていく。

探るようなその指からもどかしい刺激が与えられ、俺もむずむずとしてきた。

「こうやっていじってるのも楽しいけど……せっかくだし、覚えてきたことを試してみるね。あーむっ♪」

「うぉ……」

彼女はぱくりと肉竿の先端を咥えてきた。

「あむっ、ちゅぷっ……」

そしてそのまま、口内で軽く転がすように動かしていく。

「ちゅぷっ、ん、はぁ……おちんちんって、こうやって咥えると気持ちいいんでしょ？」

「くっ……そうだぞ」

刺激に耐えながらも彼女の言葉にうなずくと、クィンティーはさらに愛撫を続けていった。

「ちゅぷぷっ……ん、ちゅぽっ……先っぽが敏感なんだよね？　この、えらみたいなところとか、ちゅぽっ！」

「うおっ……！」

彼女の口が、カリ裏を刺激してくる。その気持ちよさに、思わず声が漏れてしまった。

「あむっ、ちゅぷっ……ん、はぁ……」

彼女は覚えてきたことを試すように、探り探りで、いろいろな動きを見せてくれた。

情報元はやはりメイドたちなのだろう。ご奉仕の精神に溢れる見事なフェラだった。お姫様がそれを真面目に勉強してきたかと思うと、嬉しくなってくる。

「ん、ちゅぷっ……♥　筋のところを、れろっ……」

「あぁ……そこ……いいぞ」

彼女の舌が裏筋を刺激し、俺の快感を膨らませていく。

「おちんぽ、気持ちいい？　れろっ！」

「ああ、気持ちいい……すごくいい」

俺がうなずくと、彼女は自信を深めたのか、さらに大胆に動いていった。

「ちゅぷっ、ちゅぽっ……こうして、ん、動いて……ちゅぷっ、ちゅぱっ……おちんぽを唇でも擦るといいんだよね？」

「ああ……うっ……もちろんだ」

彼女は頭を動かし、そのかわいらしい唇で肉竿をしごいてくれる。

「ちゅぷっ……ん、れろろっ……ちゅぱっ……！」

さらには舌も動かして、先端を刺激してきた。溢れ出る我慢汁も、しっかりと吸われてしまう。

気持ちいい口まんこでの、お姫様による娼婦のようなご奉仕に、俺は昂ぶっていく。

「あむ、ん、はぁ……ちゅぽっ……！」

クィンティーのフェラはまだ少し不慣れではあったけれど、一生懸命で気持ちがよかった。

「あむっ、ん、ちゅぷ……」

クィンティーが上目遣いに俺の様子を窺う。そのあどけない顔のかわいらしさと、幼く見える彼女がチンポを咥えているという背徳感が混じった光景に、俺の興奮は際限なく高められた。

「あむっ、ちゅぷっ……ん、ふぅっ……ちゅぷぷっ……」

頭を振るようにして前後に動かし、ストロークの深いフェラを続けていく。

「れろっ……ん、はあぁ……。この裏っかわをもっと、ちゅぱっ♥」

「うっ……そこ……うっ、待ってくれ。あ、くぅう……」

悶える俺の反応を見ながら、どんどんと上手くなっていくようだった。

「ちゅぷっ、ん、ちゅぱっ……♥　やっぱり、やってみないとわからないことも、いろいろあるのね。れろぉ♥　おちんちんで、男の人がこんなになるなんて……ふふ♥」

「うぉ……まあ、弱点だからな」

彼女はねっとりと肉棒を舐めながら、俺を見上げた。

「ん、ちゅぷっ……はぁ……♥　うん。ここ、すごく弱いみたいだね♪　それなら、もっといっぱい激しく……、レロレロレロレロレロレロ！」

「あぁっ！」

彼女の舌が素早く動き、カリ裏だけでなく、敏感な先端も責めたててくる。

「ちゅぷっ、ちゅぱっ……先っぽから、えっちなお汁があふれてきてる……んっ♥　わたくしのお口で、出しちゃいそうなの？」

「ああ……そろそろイキそうだ」

快感に溺れながら、俺はうなずいた。

「ん、そうなんだ♪　まだセックスじゃないのに、せーしって出ちゃうんだね……うん。いいよ、それじゃもっと、ちゅぱっ、ぺろろろろっ！　はふっ……出して……見せて……んっ、ちゅぷ」

「もう……もう出る……ぞ」

エロいテクニックを学んだかいがあったのだろう。気をよくした彼女は勢いを増して、肉棒をしゃぶっていく。

「あむっ♥　このまま、じゅぽじゅぽっ♥　おくち……出して……じゅぶっ、れろれろれろっ！」

「クィンティー、ああ……！」

彼女のフェラは激しさを増し、精液が昇ってくるのを感じた。

「ん、じゅぶじゅぶじゅぶっ！　れろっ、ちゅぱっ！　じゅぽぽっ！　れろっ、じゅぶぶっ、ちゅぱっ、じゅぶぶぶっ♥」

「出る……！」

「んむぅっ……！」

もっともっと、クィンティーのご奉仕を味わいたかった。

だが俺はそれ以上我慢できず、彼女の口内で漏らすように射精してしまう。

「ん、んむっ、んぁ……」

思わず彼女の頭を押さえ込む。肉棒が勢いよく跳ねながら、美少女の口内に濃い精液を注ぎ込んでいった。

「んく、ん、ふぅっ……ふっ……んく」

喉奥への射精になってしまったが、クィンティーは咽《む》せずに耐えていた。

彼女の頬が膨らみ、肉棒を咥えたままの唇からはあふれた精液が垂れ落ちる。

「ん、んくっ、んぁ……♥」

彼女はなんとか精液を飲み込むと、肉竿を口元から離した。

唇から粘液が垂れているのが、とてもいやらしい。

子作りではなく、快楽のためだけの射精。

美しい顔立ちのせいで、俺が欲のままに汚したのだという実感が半端なかった。

「あふっ……♥　ジャネイの濃い精液、いっぱい出たね……♥」

俺は射精後の余韻に浸りながらうなずく。最後はイラマチオに近くなってしまったが、クィンティー自身もこの行為を楽しんでくれたようだ。

「美味しかった……♥　って、言うんだよね♥」

お姫様なのに、そんなことまで教わってしまったとは。

教育係の王宮メイドは、容赦がないようだ。俺をからかうかのようにうっとりと見つめるクィンティー。彼女はこの先を期待するような目で、俺を見ていた。

「うん……おちんちん、すごくかわいかった。もっと舐めていたいぐらい……でも……」

ここまでしてもらって、さらにそんな姿を見せられたら……しっかりと応えないといけないな。

俺は身を起こすと、彼女を優しくベッドへと押し倒す。

「あんっ……♥」

クィンティーは潤んだ瞳で俺を見上げた。

今度は俺が、彼女の服をはだけさせる。

まずはその、大きな胸元だ。仰向けになっても存在を主張する、大きなおっぱい。

布地をずらしてしまうと、その巨乳がたゆんと揺れながら一気に現れる。

お姫様の生おっぱい。俺はそれに、両手で触れていった。

「ん、あぁ……♥」

さきほどのフェラで興奮していたこともあり、彼女の双丘では、もう乳首が上を向いていた。

俺は柔らかなおっぱいを揉みながら、その乳首をいじっていく。

「んはぁっ♥　あっ、ん、ふぅっ……！」

彼女は甘い声を漏らして、愛撫を受け入れていた。

柔らかな胸が俺の手にあわせて、自在にかたちを変える。

「ん、あふっ……あぁっ♥　そんな、ん、はぁ……」

彼女が艶めかしい吐息を漏らしていく。

柔らかな胸と、弾力のある乳首。その感触を楽しみながら、愛撫を行っていった。

「あふっ、ん、はぁ……そんな、あっ♥　おっぱいと乳首、ぜんぶ刺激されると、ん、あぁっ……んくぅっ！」

クィンティーはおっぱいが弱い。大きいのに、感度も抜群だ。

「んぁ、あぁっ……ん、くぅっ……」

むにゅむにゅの柔らかおっぱいと、こりこりとした乳首。

掌で転がすように先端を愛撫すると、クィンティーがかわいらしく反応する。

「んぁ♥　あぁっ！　ジャネイ、ん、ふぅ……♥」

俺はそうして、しばらくおっぱいを楽しんでいった。

「あふっ、んんぁ、あぁっ♥　あふ、あぁ……♥」

クィンティーは気持ちよさそうな声を上げながら、小さく身体を動かす。

感じていく彼女の姿に俺もまた滾《たぎ》り、我慢できなくなってきた
「クィンティー……」

俺は彼女にキスしながら、小さな下着をずらしていった。

「あっ♥　ん、ふぅっ……」

あらわになったおまんこは、もうすっかりと濡れている。あれだけ乳首をいじられていれば、当然だろう。

「あぁ……ジャネイ、んっ♥」

俺は彼女の足を開かせると、その濡れ濡れのおまんこに剛直を宛がう。

「あぁ……もうこんなに硬い……。そんなに入りたいんだ……すごいね、おちんぽ、んっ……」

「ああ。いくぞ」

そう言って、ゆっくり腰を押し出していく。

「んぁ、ああっ……♥」

肉棒がぬぷりと、沈むように蜜壺に飲み込まれていく。

蠢く膣襞をかき分けながら、ゆっくりと奥へと侵入していった。

「んはぁっ♥　あっ、んん、くぅっ……」

膣道が収縮するのがわかる。肉棒を咥え込み、本能のまま刺激してきている。

「ああ……ジャネイの、んっ♥　おちんぽで、わたくしの中が、あぁっ……喜んでる」

処女だった彼女の身体も、どんどんセックスに馴染んでいる。

挿入の快感を覚えたことで、子作りに向けて、すっかりエロい反応が出来るようになっていた。

「クインティー……うっ……締めすぎ……だ」

その気持ちよさに、俺も思わず声を漏らした。キツい彼女の中を、堪《こら》えながら往復していく。

「あふっ♥　ん、はぁっ！　太い……また太く……ああっ！　そんな……うそ……あっ♥　おっきいよぉ……」

射精に向けて漲《みなぎ》ってはいるが、俺からすれば逆だ。また一段と強く、おまんこが締まってきている。膣襞が痛いほどにエラとこすれ、不意に快感を膨張させた。

「あっ♥　ん、はぁっ、あふぅっ、んぁっ……♥」

クインティーの嬌声が高まり、潤んだ瞳で俺を見つめてく。

「うっ……ああ、わかってる」

その射精を求めるエロさに昂ぶり、思わず腰の動きが速くなってしまう。

「ああっ♥　おちんぽ、なか、ズンズン突いてきて、んぁっ！　子宮……つついてる……あっ！」

彼女は俺に最奥を突かれるまま、身体を揺らして感じていく。

膣襞が肉棒を満遍なく擦り上げ、互いの快楽を膨らませていった。

「あんっ♥　ん、もっと、ん、はぁっ、あぁっ！」

「クインティー、あぁ……そんなに締めつけられると……」

彼女はどんどん淫らになって、膣道をきゅっきゅっきゅっと締めてくる。

「ジャネイ、あっ♥　ん、はぁっ、んぅっ♥」

蠕動する膣襞が、おねだりをするように吸いついていた。お姫様のおまんこに、思いきり出したくなってくる。男の欲望をそのまま、小柄な身体に叩きつけていった。

その気持ちよさにはもう、耐えられそうもない。俺もまた、ラストスパートに向かう。

「んはぁっ♥　あっ、ああっ……！　すごいの、ん、もっと、んぅっ♥」

「うっ……いくぞ！」

彼女は抱きついてきて、俺の腰に足を絡める。そのまま密着することで、さらに肉竿を奥へと導いてきた。

亀頭が思いきり、子宮口にこつんと当たる。コリッとした感触に押しつけるようにすると、もう一押しで入り込んでしまいそうだ。

「んあああぁ！　そこ、あぁ、わたくしの、奥、ん、はぁっ！」

奥をこんこんノックしてみると、ひときわ大きな嬌声が返されるのも楽しい。

俺は意識して、子宮口を擦るように刺激していった。

「んぁ、ああっ♥　そこ、あふっ、ん、ああっ……！　わたくしの大事なとこに、ああ、ん、はぁっ♥　おちんぽ、当たって、んぅっ！」

彼女も気持ちよさそうに声をあげ、乱れていく。俺を抱く腕に、また力がこもった。

さらに俺を受け入れようとしてくるのが、いじらしくてエロい。

「あっあっ♥　ん、はぁんっ！」

抱きつかれ密着しながらも、なんとか腰を振っていく。

「わたくしの中、ジャネイでいっぱいになってる♥　ん、はぁっ！　ああっ……！　でも……出されたらもっと……♥」

ぐちょぐちょの膣襞が肉棒を擦り続け、射精を促す。子宮口も亀頭に吸いついてくるようだ。

メスの身体の気持ちよさに導かれるまま、俺はハイペースで腰を振っていった。

「んはぁっ！　あっ、ん、くぅっ！」

もうなにも考えられない。彼女も極まったまま、俺に抱きついてくる。

柔らかなおっぱいがむにゅんっと胸板で潰れ、その感触もたまらない。

「あぁっ♥　ん、はぁ、あふっ、んくぅっ！」

奥へ、奥へ。そのままズンズンとねじ込むように、腰を打ちつけていく。

「あぁっ♥　わたくし、んぁ、イクッ！　あぁっ、おちんぽでいっぱい突かれて、んぁっ、ああっ、イクゥッ！」

「う、あぁ……イっていいよ」

ぎゅっと締めつけてくる膣道の愛撫を感じとりながら、俺は言った。

そしてその愛らしいおまんこを、奥までしっかりと突き、擦り上げていく。

「んはぁっ！　あっあっあっ♥　わたくしの中、んぁ、全部おちんぽに突かれちゃって、ああっ♥　ん、あうぅっ♥」

乱れるクィンティーが、俺を全身で抱きしめた。

「ああっ、もう、イクッ！　んはぁ、あっ♥　わたくし、んぁ、気持ちよすぎて、あっあっ♥　イ

「クイクッ！　イクウゥゥゥゥウッ！」

ぎゅっと俺にしがみつきながら、彼女が絶頂する。

膣道が肉棒を締めつけて、精液をおねだりしてくる。

「ああ♥　ん、はぁ、あふっ！　ん……ちゅ……はむっ」

子宮口も亀頭に吸いついてきて、おまんこ全体が射精を求めていた。

イキっぱなしのクインティーがキスをしてきて、俺の舌を貪る。愛《いと》しい彼女の何もかもが気持ちよくて、俺も腰を突き出しながら思いきり射精した。

どくどくっ、びゅ……びゅるるるっ！

少しでも長く堪えようとはしたが、無理だった。一度出はじめてしまうと、もう止まらない。

大量の精液が、彼女のおまんこへと流れ込んでいく。

「んはぁぁぁっ♥　熱いの、んぁ、わたくしの奥に、んぁ、ベチベチあたって、んはぁっ、あぁぁぁっ♥　好き……ジャネイ……すきぃ……♥」

お望みの中出しを受けて、彼女が甘い声を上げた。

抱きつく彼女の愛情を、しっかりと感じる。とても良いセックスだったようだ。

肉棒はまだ絞られ、子宮が精液を飲み込んでいく。

「あふっ、ん、はぁ、あぁっ……♥」

蠢動する膣内へと、しっかりと最後まで精液を注ぎ込んでいった。

クィンティーもそれをすべて、受けとめてくれる。

「ん、あぁ……♥　ふぅ、んっ……」

何度経験しても、美少女への中出しは最高だ。

おまんこに性欲を吐き出すたびに、大きな満足感がある。なんといっても、クインティーは俺の妻になる女性だ。俺だけのおまんこへの射精が、気持ちよくないはずがない。

快感に緩む淫らな笑顔も、見飽きることがなかった。

お互いに脱力し、長かった射精を終えると肉棒を引き抜いた。

激しい情交で乱れた着衣と、上気した様子の彼女。

「はぁ……ふぅっ……ん、あぁ……♥」

そして艶めかしい声が漏れる、乱れた呼吸。

そんなクィンティーの姿はとてもエロく、魅力的だ。

その吐息だけでも、また興奮しそうになる。

俺は体勢を楽に変えつつ、まだ快感の余韻に浸っている彼女をぎゅっと抱きしめる。

「ん、ジャネイ……♥」

彼女も俺に応え、抱きしめ返してきた。

夜はまだ長い。

しばらくはそのまま、いちゃいちゃと抱き合っているのだった。

第五章　頂上の暮らし

王族であるクインティーと関係を結んだ俺は、階位こそ上級司祭のままだけれど、すでにそれ以上の立場を与えられていた。

さすがに年齢的にもまだ枢機卿になることはできないが、実際の発言力はそれに近いものになっている。

聖者だなんて祭り上げられて、いわば教会の象徴的に扱われているのに加え、お姫様であるクィンティーとの結婚だ。

もはやこれ以上ないほど、俺の地位は盤石なものとなっていた。

そうなるとさすがに、これ以上の上を目指そうという気持ちもなくなってくる。

実際問題、もう教会内でこれ以上に出世するのは無理だしね。

枢機卿については、このまま順調に教会で年数を重ねていけば、見えてくるものになるだろう。

それにもはや枢機卿になったところで、王族への婿入り以上のメリットがあるわけでもない。

それならば貴族としてさらに上を……みたいな方法もないではないけれど、それをやり始めると気苦労も絶えないだろう。

もう十分に地位を手に入れたので、俺はハーレムライフを楽しむほうにシフトしていった。

「あっ、ジャネイ様！」

「いつもありがとうございます、ジャネイ様！」

街中を歩いていても、男女問わずにすぐに声をかけられる。

女性たちがとくに多いが、さすがにその場で誘われるようなことはない。だが、それでも熱っぽい視線を受けたり、本気で声をかけられることくらいは日常茶飯事だった。

今では聖者としても名が通っているので、男性からも尊敬のまなざしを向けられるほどだ。

立場が上がったことによって、基本的には遠巻きにされているが、俺はできる限り街にも出るようにしていた。ひとり歩きのときは、無粋な護衛も最小限にしている。

エッチなことだけでこんなに認めてもらえるなんて、なんだかすごくいいご身分だな、とも思う。

有名になった分、振る舞いに気を遣う部分もあるが、そんなことは手に入れたものに比べればささいな問題だった。

元々は平民なのだし、ちょっとしたことなら許されるしね。

俺が聖者だなんて、柄《がら》にもないとは思うけれど……。

人々からの期待と信頼を改めて感じながら、今日も街を歩いていくのだった。

●

そして夜になると、美女たちが俺の部屋を訪れる。

今日はリーリスとクィンティーが、そろってやって来ていた。

元々優しくしっかり者のリーリスと、最近になって教会に通うようになり、好奇心が刺激されているらしいクィンティー。

そんな彼女たちは相性もよく、いつも一緒にいるみたいだ。俺と同じくリーリスも彼女より年下だが、むしろお姉さん的にクィンティーの面倒を見ている感じだ。

天真爛漫なクィンティーは実年齢より幼く見えるし、見た目的には違和感がない。

ぱっと見だと姉妹というより、お世話が得意なリーリスなので、やはりメイドさんとお姫様って感じになってしまうことも多い。

ともあれ、ふたりの相性がいいのは。俺としても喜ばしいところだ。

「でも、夜もふたりでっていうの、珍しいですよね」

そう言いながら、リーリスが慣れた手つきで俺の服に手をかける。

「ああ、たしかに」

複数の女の子を相手にすることはあるけれど、長いこと一緒にいて特別なリーリスや、お姫様であるクィンティーとは一対一ですることがほとんどだった。

夜のこと以外であれば、彼女たちと三人で過ごすことはそれなりにある。ユニアも来て、四人になることだって珍しくない。

でもセックスでとなると、そうかもしれないな。

そんなことを考えている内に、俺の服は脱がされてしまった。

そして彼女たちも、自らの服を脱いでいく。

「んっ……」

ふたりの美女が裸身をさらしていく光景を眺めるのは、とても贅沢だ。

彼女たちの柔肌が見えるにつれ、俺の期待も高まる。

「じゃあ、今日はふたりでご奉仕するね♪」

クィンティーは弾む声で言いながら、こちらへと身を寄せる。

前屈みになると、その大きなおっぱいが強調されてエロい。

「ジャネイさんのおちんちん、私たちのおっぱいで気持ちよくしていきますね♥」

「おっ……それは楽しみだ」

そしてリーリスも、そのたわわな双丘を揺らしながら近寄ってくる。

「ん、それじゃあ左右から……」

「むぎゅー♪」

「うぉ……いいな、これ」

ふたりは大きなおっぱいを左右から寄せ、俺の肉竿へと押しつけた。

むにゅりと、柔らかな胸にペニスが埋もれてしまう。

「ん、おちんちん、気持ちいい？」

「ああ……もちろん」

クィンティーにうなずいて応えた。

彼女たちのおっぱいが両側から柔らかく当たるのは、とても気持ちがいい。それに……。

「んっ……」

俺のチンポを包みこみつつ、おっぱい同士も押し付け合われて、むにゅっとかたちを変えている光景もとてもエロくていいものだ。

「あっ……おっぱいの中で、ジャネイさんのおちんぽ、反応してきました」

「本当、ぐんぐんって大きくなってる♪」

そんなふたりの押しつけに、反応しないはずがなく。血が急速に集まり、膨らんでいく。

「あんっ、おちんぽがおっぱいから飛び出ちゃいそうです」

「元気なおちんちんを、むぎゅー♪」

「うっ、あぁ……」

ふたりの巨乳にむにゅむにゅと刺激されて、俺の肉棒は完全勃起してしまう。

「ご立派なおちんちんに、ご奉仕していきますね」

「わたくしも、えいっ♥」

「ふたりとも、うぉ……」

おっぱいがたぷんっ、むにゅんっと肉竿を刺激してくる。

パイズリはひとり相手でも視覚的なエロさがすごいのだが、美女ふたり同時でとなると、さらに興奮を煽ってくる。

大きなおっぱいに包みこまれる気持ちよさと、ふたりであるが故の、微妙にタイミングがずれている刺激がいい。おっぱいと、ふたりのエロい表情を眺めるのもたまらない。

「ん、しょっ……」

「えいっ♪」

左右違うリズムで刺激され、肉竿が絶え間ない気持ちよさに包まれていく。

「私たちのおっぱいで、いっぱい気持ちよくなってくださいね」

「おちんぽイっちゃえ、えいえいっ♥」

「くっ……なかなかいい刺激だな」

巨乳によるダブルパイズリに浸り、俺は声を漏らした。

彼女たちはふたりがかりで、俺の肉竿を思い思いに責めていく。

「ガチガチのおちんぽ♥　私たちのおっぱいで、むぎゅぎゅっ♪」

「んっ、わたくしも負けないよ、えいっ、むぎゅー♪」

「うぉ、おぉ……」

両方からボリューム感たっぷりのおっぱいが、俺に押しつけられていく。女の子に性的に奉仕されているという充実感が、パイズリの醍醐味だろう。

柔らかながらむちっとしたおっぱいでの圧迫に、気持ちよさが膨らんでいった。この状態だと、すぐに出してしまいそうというよりは、まったりと浸っていたいような気持ちよさだ。

「こうして一緒にご奉仕するの、なんだかすごくドキドキしますね」

「ふたり同時だと、ジャネイをどんどん責められるのもいい感じ♪」

おっぱいを押しつけ合う姿勢で、少し恥ずかしそうにするリーリスと、とてもノリノリなクィンティー。

そんなふたりだが、おっぱいは遠慮なく俺の肉竿を刺激してくる。

「んっ……ね、ジャネイさん。もっと大きく動いて、おちんぽ気持ちよくなって……精液ぴゅっぴゅって、したいですよね？」

恥ずかしさをごまかすように、リーリスが提案してくる。たしかに、この状態だと射精まではいけなそうだ。これはこれで気持ちがいいが、生殺しみたいな部分もある。

「そうだね」

素直にうなずくと、リーリスはベッド横の水差しを手にした。

「それじゃ、ちょっと濡らして、もっと大胆に動きますね」

そう言って、軽く水を垂らす。果物でも入っていたのか、良い香りが胸元に広がった。

「ひゃうっ♥」

急なその冷たさに、クィンティーが反応した。

肉竿を濡らすということは、彼女のおっぱいも濡れるということなのだが、どうも油断していたらしい。

「び、びっくりは……してないし……！」

俺と目が合うと、彼女は恥ずかしそうに言いながら、その胸を動かした。

「うぉ……これは！」

濡れたことで、これまでよりもスムーズに動く。

くすぐったかったパイズリが急に大きな刺激となって、肉竿を襲ってきたのだった。

「えいえいっ♥　ジャネイのおちんぽ、こうやっていっぱいこすっちゃうんだから！　たぷたぷっ、じゅりゅりゅりゅっ！」

「あぁ……それは、うぉ……！」

急な擦り上げに思わず声が出てしまう。

クィンティーの大胆なパイズリで、肉竿がしごき上げられる。

「あんっ♥　あ、わ、それだと……私の胸もこすれてます、んぅっ！」

やや荒っぽく動くクィンティーのおっぱいが、俺の肉竿と同時にリーリスの乳首も擦り上げていくみたいだ。

「あっ、ん、あふっ」

「おおぉ……」

おっぱい同士が擦れ合う光景も、いいものだな。

俺は弾むように揺れるクィンティーのおっぱいと、その巨乳が当たって柔らかくかたちを変えながら、擦り上げられるリーリスのおっぱいをじっと眺めた。

「えいえいっ♥　ん、あはっ♪」

「あぁ……ちょっと待ってください、ん、あふっ……」

「ひうっ♥　あっ、これ、動いてるわたくしも、ん、はぁ……♥」

おっぱいを擦っている側のクィンティーも、色っぽい声を漏らし始める。

「ん、はぁっ、あっ、んっ！」

「あふっ……えいっ、ん、あぁ♥」

目の前で巨乳を擦り合わせる美少女。

弾みながら形状を変えていく、ふたり分のおっぱい。

そんなエロすぎる光景に、俺の興奮は増していく。

「ん、はぁ……私も、えいっ♪」

「あぁっ♥　ん、そこ、あっ、乳首だから、んぁっ♥」

「ひゃうっ♥　だめです、乳首で擦り返すの、あぁっ♥」

「ふたりとも……エロすぎだ」

教義的には喜ばしいが、改変以前の記憶のある俺には刺激が強い。

互いのおっぱいを擦り合い、乳首を刺激し合う美少女を間近で眺めるのは最高だった。

「んはぁ♥　あっ、ん、ふぅ……♥」

「えいっ♥　あっ、ん、くぅっ！」

「うっ……これはもう」

しかし、そのエロい光景を楽しんでいるだけという訳にもいかなかった。

なにせ彼女たちがおっぱいを揺するその間には、俺のチンポが挟まっているのだ。

ふたりが互いを刺激するたびに、俺の肉棒はおっぱいにしごきあげられていく。

淫らな視覚に加えて、ふたりからのパイズリを受けていると、長持ちするはずがなかった。

「あんっ、おちんぽ、中でもう暴れてるね……♥　ほら、こうして、ん、ぐっと力を入れながら……ずりゅって擦ると……ね♥」

「うぉ……いいぞ」

「こっちがわからも、むにゅっー♪」

ふたりは俺が喜ぶのを感じて、意識を肉棒へと戻してくれたようだ。

「ん、このままいきましょう」

「そうだね。おっぱいで擦り上げて、えいえいえいっ♥」

「あぁ……ふたりとも、そろそろ……」

俺が言うと、彼女たちはペースを上げてパイズリを続けてきた。

「んあぁっ！　ジャネイさん、いっぱい感じてくださいね、ん、あふっ♥」

「ん、あっ♥　おっぱい、もっとこすれちゃう、ん、えいえいっ♪」

お互いのおっぱいで感じ合いながらも、ラストスパートをかけてくるふたり。

そんなダブルパイズリに、俺も限界を迎える。

「う、でるっ……！」

そしてそのまま、彼女たちの胸の谷間で射精した。

「あっ♥　すごいです♪　精液、勢いよく出てますね♥」

「胸の間から、白いのがびゅって出てきたぁ♥」

さらに押しつけられ、彼女たちのおっぱいに絞られながら精液を放っていく。

「うっ……」

四つの乳房に挟まれながらの、気持ちいい射精。俺はその余韻に浸っていくのだった。

「あぁ……ジャネイの精液、まだまだいっぱい出てくる……れろっ」

「ちょっ……今は……」

クィンティーが射精直後の肉竿に唇を寄せ、そのままぺろりと舐めてきた。

「あはっ♥　ぴくんってした。まだまだ元気だね」

楽しそうに言うクィンティーが俺に尋ねる。

「もっと、いけるよね？」

「ああ、大丈夫だ」

女の子に期待されたら、応えるしかないだろう。それに、これだけエロいご奉仕をされたのだ。

一度の射精では出し切れないほど、精液も溜まっている。

「わたくしのここ、もう濡れちゃってるよ……♥」

裸のクィンティーが、その秘められた場所を俺にアピールしてくる。

言葉通り、お姫様のおまんこは愛液をあふれさせている。

「ジャネイはそのまま、横になってて……」

そう言って、俺に跨《また》がってくる。

「ん、しょっ……」

彼女は俺に乗ると、肉竿をつかんで自らの秘部へと導いていく。女の子の細い指で肉幹をつかまれると、セックスへの期待が一気に高まった。

そしてそのまま、彼女は腰を下ろしてきた。

「んぁ……ふぅっ、んっ……♥」

肉竿の先端が割れ目へと触れ、くちゅりと水音がする。

「あふっ、ん、あぁ……」

クィンティーは思い切りよく腰を下げ、肉竿を受け入れていく。

「あぁ♥　ん、はぁ……」

ぬぷりと蜜壺に飲み込まれていくと、射精直後の敏感な肉棒に快感が襲ってきた。

「ん、ジャネイ、んはぁ……」

騎乗位で俺と繋がったクィンティーが、うっとりと声を漏らしていく。

俺は仰向けのままで、そんな彼女を眺めた。

「ジャネイさん……私も……」

すると今度は、リーリスがこちらへと近づいてくる。

俺はそんな彼女を顔のほうへと誘導した。

「あう……この体勢は、ん、さすがに恥ずかしいです……」

俺の顔に跨がるリーリス。彼女のおまんこも、もうすっかりと濡れており、物欲しそうにしている。愛液の量からしても、おっぱいでかなり感じていたようだな。

「リーリス、おいで」

「はい……」

俺が声をかけると、彼女はそのまま腰を下ろしていく。

リーリスの濡れ濡れおまんこが、俺の顔へと近づいてきた。

「んっ、あぁ……」

俺は彼女の腰を抱き寄せるようにして、その割れ目へと舌を伸ばしていく。嗅ぎ慣れたリーリスの香りが鼻腔に入り、俺を興奮させた。

「んぁ、ああっ……♥」

割れ目に舌を這わせると、彼女が嬌声を漏らす。何度かわいがっても、ここは清楚さを失わない。

俺はそのまま、彼女のピンク色のおまんこを愛撫していった。

「んはぁっ♥　あっ、んっ……！　舐められて……あっ」

「んぅ、あっ♥　ん、はぁっ！」

そして下半身のほうでは、クィンティーが腰を動かしている。

蠕動する膣襞《ちつひだ》が肉棒を擦り上げ、刺激してきた。

「あふっ、ん、はぁ……♥」

「ああ。ジャネイさん、んぅっ♥」

俺の上で、彼女たちが感じている。その豪華さ、エロさを堪能しながら、俺はリーリスへの愛撫を続けていった。

「んぁっ、ああっ！」

「あふ、ん、あぁ……♥」

そうして三人で一緒に、セックスの快感に浸っていく。こうして教義を実践することは、全員の幸福でもあった。

「あぁっ、おちんぽ、わたくしの中をそんな……ぐいぐいって、んぁっ！」

「ん、はぁ、ふぅっ、んあっ♥　そこ……だめですぅ……」

俺の上で、ふたりが喘ぎながら乱れていく。

美女を同時に抱いているという状況に、興奮は高まる一方だった。

「んん、ああっ♥　クインティーさん、ん、あふっ」

「あんっ♥　あっ、リーリス、それ、あっ♥　おっぱい、さわるのだめぇ♥」

嬌声とともに、クインティーのおまんこがきゅっと締まる。

どうやら、上でリーリスから愛撫を受けているようだ。

その光景は見えないが、俺の上で行われている美女たちの痴態に、想像が膨らんでいく。

「あ、そこ、そんなに、さわっちゃ、んぁっ♥　わ、わたくしも、えいっ」

「んぅっ！　あっ、乳首、そんなにされると、んぁ♥」

彼女たちは俺の身体の上で乳繰り合って、かわいらしい声を上げている。

そのシチュエーションにも興奮するし、快感を受けるのに合わせて、彼女たちのおまんこにも反応が伝わってくるのがエロい。ふたりの秘穴は、びくびくと収縮を繰り返していた。

「あふっ、ん、はぁっ！」

「あぁ、ん、くぅっ！」

クィンティーの震える膣襞が、肉棒を締め上げてくる。動きが見えないので、不意にくる刺激がとても気持ちいい。リーリスのおまんこも、愛液をあふれさせて喜んでいた。

そんなふたりの痴態に、俺の興奮も高まる一方だ。

「んはぁっ♥　あっ、胸もおまんこも気持ちよくされて、わたくし、あっ♥　もう、イキそっ、んはぁ、ああっ！」

クィンティーが大きく身悶える。

「あふっ、ん、はぁ……それなら私からももっと責めて、えいっ♥」

「んくぅっ！」

クィンティーがびくんと震えたようだ。狭い膣道が、きゅっとさらに締まる。

それを楽しみながら、限界が近いらしいクィンティーを俺も責めていく。

下から腰を突き上げて、絶頂間近のおまんこを刺激する。

「んあぁぁっ♥　あっ、ジャネイ、だめぇっ！　そんなに、んぁ、おまんこ強く突き上げられたら、わたくし、あっあっ♥」

彼女は素直に反応して、嬌声を高めていった。

俺はそのままペースを上げて、彼女のおまんこをかき回していく。姿は見えないが、おまんこを突くごとに零れる声がたまらない。

「あぁっ♥　だめ、んはぁっ♥　あっあっ♥　あっあうっ♥　もうイクッ！　あっ♥　んはぁ、おちんぽに突き上げられて、イクゥッ！」

「んむっ……」

膣襞の必死な擦り上げを受けて、俺のほうも射精欲がこみ上げてくる。

そのまま昂ぶりに任せて、ラストスパートをかけていった。

「んはぁっ！　あぁぁっ♥　だめ、イクッ！　んあ、あっあっあっ♥　イク、イクウゥゥゥゥッ！」

クィンティーが絶頂した。膣襞がぐっと締まり、肉棒を絞り上げる。

どびゅっ、びゅるるるるるっ！

達したことによるキツい締めつけに促されるまま、俺も射精していった。

「んはぁっ♥　あっ、熱いの、びゅくびゅく出てる、んあっ♥」

中出しを受けたおまんこが反応し、震える。俺はその奥へ、しっかりと精液を注ぎ込んでいった。

「んはぁ……♥　あぁ……♥」

クィンティーはうっとりと声を漏らした。

「ん、あぁ……♥　あふぅっ……」

膣道が俺の精液を絞り終えると、腰の上からどき、そのままベッドへと倒れ込んだようだ。

「ふたりがかりは反則だよぉ……ん、あぅ……♥」

こっちらに倒れたので、やっとクィンティーの顔を見ることができた。

快感の余韻で力の抜けている彼女は、そう言って寝そべってくる。

「……俺はまだまだだぞ、リーリス」

「あんっ♥」

俺は起き上がり、リーリスを抱え上げるようにして身体を動かす。

そして、クンニでとろとろになっているおまんこへと、目を向けた。

「ジャネイさん、んっ……♥」

彼女は俺の視線を受けて、期待するような目を向けてきた。もちろん、それに応えるつもりだ。

俺はリーリスの足を広げさせる。

「んんっ……♥」

唾液と愛液で濡れ濡れなおまんこを眺めながら、その入り口に肉棒を宛がった。

出したばかりではあるが、ドスケベに求めてくる美女を前に欲情しないはずがない。

「あん、まだ硬いままなんて……、ぐって当たってて、ん、ふぅっ」

「ああ、収まりそうもないよ。……いくよ」

「んあっ♥　ん、はぁ……」

そしてそのまま挿入していった。ぎゅっと締まりながらも、膣内は肉棒を受け入れていく。

「ああっ……♥　ん、はぁっ……」

足をさらにぐいっと広げ、腰ごとおまんこを突き出すような形で肉竿を受け入れているリーリス。

スムーズな挿入のために自らお尻を上げる彼女の姿は、俺を興奮させていく。

「あふっ、ん、はぁ……ジャネイさん、んっ」

真っ白な足を抱え上げ、屈曲位の姿勢で繋がった。一段と締まりがよくなり、突き込む抵抗が増す。俺はその中で、ゆっくりと腰を往復させていく。

「んぁ、ん、あぁ……♥」

締まる膣襞を擦り上げながら往復していく。

「あふっ、ん、なんだか今日は、んぁっ♥ ずっと、ジャネイさんに、おまんこ、突き出しちゃってます……♥」

顔面騎乗は女性上位ともとれる姿勢だが、おまんこをばっちり見られるという意味では恥ずかしさの大きい格好だろう。

そして屈曲位は足と共に腰も上げるので、まさに、おまんこを差し出すようにしている状態だ。

「俺としては、リーリスがドスケベなのは大歓迎だけどね」

「あぁ……♥ ん、そんなこと言われたら、私、ん、あぅっ。キュンキュンして、あっ♥ んぁっ、んくぅっ！」

彼女の膣内がきゅっと締まる。

普段はおとなしめで、真面目に俺のサポートをしてくれるリーリス。

そんな彼女の乱れた姿を知っている男は、もちろん俺だけだ。

「ああっ♥ んはぁ、あうっ、ジャネイさんのおちんぽ♥ 奥まで、んぁっ！」

腰を突き出し、すっかり俺専用のかたちになった膣道を往復していく。

「んはぁっ、ん、あっあっ♥ んあっ！」

リーリスも悦びの声を上げながら感じていく。

「あぅっ、ん、はぁ、私の中、もういっぱいで、ん、はぁっ♥」

この格好だと、リーリスの大きなおっぱいが彼女自身の足で形をかえていくのも、いやらしくて最高だった。

「ジャネイさん、ん、はぁっ、ああっ♥」

そのエロさに腰の動きも速くなる。

「あっ♥ ん、はぁ、んぁっ♥」

ピストンに合わせて、ゆさゆさ揺れる身体。

そして柔らかそうに弾むおっぱい。俺はそれを楽しむためにも腰を振り、蜜壺をかき回していく。

「んはぁっ♥ あっ、ん、はぁ、ああっ！」

リーリスの嬌声が大きくなり、膣襞も絡みついてくる。

「んはぁっ♥ あっ、私、ん、はぁ、もう、イキそうですっ、んぁっ♥」

「ああ、イっていいよ……ほらっ！」

「んはぁぁぁっ♥」

ズンッと奥まで突くと、彼女が声を上げて軽く一度イッたようだ。

しかしもちろん、俺は止まらない。

「んはぁっ♥ あっ、ああっ！ おまんこ、おちんちんにいっぱい突かれて、んあ、ああっ♥ 気持ちよすぎて、んぅっ、もっとすごいの、ああっ！」

俺は抽送を繰り返し、軽イキで敏感になった膣襞を容赦なく擦り上げていく。

「んはぁっ♥　ああっ、またイクッ！　あっあっあっ♥　もう、だめ、んぁっ！」

リーリスのあられもない声を聞きながら、牡の本能で腰を振っていく。

普段は清楚そのものな彼女の表情も快楽で乱れ、ドスケベなとろけ顔になっていた。

そんなリーリスの様子に、俺の興奮も最高潮だ。

「んあぁぁあっ♥　あぁっ！　んくぅっ、あっあっあっ♥　イクッ、んぁ、イクイクッ！　イックウウゥウゥッ！」

「う、あぁ……！」

どびゅっ！　びゅくびゅくっ、びゅるるるるっ！

彼女の絶頂に合わせて、俺も射精した。最も締まる瞬間に合わせて膣口をぐいぐいとこじり、お腹の奥まで突きこんで射精するのがたまらなかった。

「んはぁあっ♥　熱いの、中に、んぅっ……！」

膣襞がうねり、子宮が亀頭に吸いついてくる。咥え込んだ肉棒を締め上げ、精液を搾り取っているのだ。

「あふぅっ……せーえき、いっぱい、んぁっ♥」

彼女はうっとりとしながら、俺の精液を余さず絞り尽くしていく。女性というのは、ほんとうに淫らなものだな。男はなにもかも、気持ちいいままに吸い尽くされてしまう。

「あぁ……ん、はぁ……♥」

俺は肉棒を引き抜くと、そのまま彼女の隣へと倒れ込んだ。

ふたりを一緒に相手するのは、とても幸せで興奮した。

体力と精液は根こそぎ持っていかれたけれど、心地よい倦怠感に包まれている。

美女ふたりと過ごす幸福に浸りながら、意識を手放していくのだった。

●

「ジャネイ、今日はお休みでしょう？」

ある日の休日の昼前、ユニアが俺の部屋を訪れてきた。

「ああ。特に予定はないよ」

俺は少し遅めに起きて、今は最低限の身支度を整えたところだ。

朝食というよりは、もう昼食だな、なんてことを考えていたぐらいだ。

以前は休みの日といえど、厳格な生活ペースを保ち、ちゃんと早朝に起きていたのだけれど、最近はそうでもなくなってきた。

というのも、上級司祭、そして聖者とまで呼ばれる存在として、俺はあちこちに顔を出すことが増えているからだ。

立場が変わって油断が出てきた、といわれてもそれも否定はできないけれど、それだけじゃない。

仕事が増えて外部への移動も多いので、毎日同じスケジュールでは動けないから、というのがある。朝早く出る日もあるし、夜遅くまでかかる仕事も多かった。

その日によって時間の使い方が変わるので、休日ならずとも、生活習慣は乱れがちだ。

そんなわけで、かつてとは違い、こうして遅めに起きることもよくあるのだった。

「それなら、少し出かけません？　最近は一緒になる時間も少なかったですし」

「ああ、いいとも」

俺はうなずいた。

「本当に？　それでは、準備をしてきますわね♪」

「ああ。それじゃあ、またあとで」

弾んだ声で言うユニアが、支度のために戻っていく。

俺はその後ろ姿を微笑ましく見送りながら、しみじみとうなずいた。

最初は高飛車なお嬢様という感じだったユニアなのに。

それが今では、すっかり俺に懐《なつ》いてくれている。

そんな彼女には、十分に愛しさを感じるのだった。


程なくして、俺たちはそろって街へ出た。

ここが王都だということもあり、街中は活気に満ちている。

最近は昔よりは外を回ることが増えているが、改めて街の人の多さを感じるのだった。

「補佐であるリーリスと違って、あたしはあまり一緒には出歩かないので、少し新鮮ですわ」

「ああ、ユニアは教会内部での取り仕切りが仕事だからね。でも、同じぐらい助かっているよ」

元々上級司祭であり、大きな派閥の主であったユニアは、外での講話仕事が多い俺とは違い、内部調整が主な役割だった。

そのため、俺が遠方にいる期間が長くなるほど、一緒にいる時間は減ってしまう。

そこが、常に一緒なリーリスや、婚約者であるクィンティーとの違いだった。

特に最近は、お姫様であるクィンティーとのことに集中していたし、そのせいで減ってしまった仕事量を取り戻すことに時間を奪われていた。

だからこうしてユニアとのんびり過ごすのは、けっこう久しぶりだ。

もちろん、仕事で顔を合わせる機会くらいは普通にあるけれど、男女でゆったりと過ごす時間とは、また違うものだしね。

俺たちはたいした目的も決めないまま、ゆったりと街をぶらついていく。

そして少し間が空いたぶん、お互いがしていたことなどを話すのだった。

「せっかくだし、今日はとことん付き合ってもらいますわ♪」

そう言いながら、抱きついてくるユニア。彼女の爆乳がむにゅんっと当たり、気持ちがいい。

「ふふっ♪」

おっぱいを当てられて意識が向いていると、それを察したのか、ユニアがいたずらっぽい笑みを浮かべた。

そしてそのまま、ぐいぐいと胸を押しつけてくる。

「うっ……まだ、街中だぞ。人の目もある」

魅力的な爆乳を押しつけられると、当然意識してしまう。嬉しいところではあるが、聖者の俺としては、ちょっと気まずい。

「ユニア……」

「うん？　どうしました？」

彼女はとぼけながら、さらにおっぱいを押しつけてくる。俺の反応を楽しんでいるようだ。

そんないたずらっぽいところもかわいらしいが、だからこそ、魅力に負けて我慢できなくなる部分もある。美女に翻弄されているのもいいが、そんな彼女をわからせたい、という欲望も湧き上がってくるのだ。

挑発してきたのは彼女なのだし、当然、この後なにをするかというのも決まっているようなもの。

このまま教会に戻り、ベッドへ向かうというのが彼女の想定なのかもしれないが、だとしたらお返しに、ちょっとびっくりさせるのもいいかもしれない。

生意気な姿も好ましい彼女だが、そんな美女が弱気になる姿もそそるものだろう。

俺は笑みを浮かべている彼女に抱きつかれたままで、そっと進路を変えていく。

そしてこっそりと、人気のない路地裏へと向かうのだった。今日はお付きもついてきてはいないし、もちろん周囲の目もうまく避けて、だ。

「ここは、知らない道ですわね。教会への近道ですの？」

彼女は俺が我慢できず、少しでも早く帰ろうとしているとでも思ったのだろう。企《たくら》みには気づかず、にやにやとしながら尋ねてくる。

「いや、別に近道って訳ではないかな」

「そうですの？」

俺が答えると、彼女は不思議そうに首をかしげた。

そして周りに人がいないのを確認すると、抱きつきながら俺の身体をなでてくる。

「なんだかそ、わそわしてるみたいですわ。ふふっ♪」

余裕そうなユニアは、その手を股間へと動かしてきた。

人気《ひとけ》もないし、もう少し直接的にからかおう、という算段らしい。

そんな彼女に、俺の欲望も高まっていく。

「あはっ♪　ジャネイのここ、なんだか膨らんでますわ……♥」

そして背伸びするようにして、俺の耳元に顔を寄せ、小声で言った。

「街中で、あたしにおっぱいを当てられて、勃起しちゃったんですの？　ジャネイってばえっちですわね♪」

からかうように言う彼女の声は甘く、期待に満ちていた。

「ああ、もう我慢できそうにない」

「あんっ♥」

俺がそう言って彼女を抱き寄せると、ユニアは胸に飛び込んできた。

そんな彼女を抱きしめて、キスをする。

「んっ……」

軽いキスということもあってか、彼女は素直に受け入れて、唇を離す。

そして至近距離で俺を見つめた。

「ジャネイ、んっ……」

俺はキスをしながら、彼女を導いていく。

「外でキスするなんて、ドキドキしてしまいますわ……ね、一度戻って、んむっ……♥」

言いかけた彼女の唇をキスで塞ぐ。

「あぁ……ダメですわ、あまり何度もキスされると、あたし……んっ……」

彼女も盛り上がってきて、目がとろんとしてくる。

教会に戻ってから、と思っていたのだろうが、発情してきてしまっているユニア。

俺はそんな彼女にキスをしながら、人気のない路地裏の、少し開けたところへと向かう。

建物の隙間になっており、まず人が来ない場所だ。

俺はそこで、彼女の身体に触れていく。

「ん、ジャネイ、あっ……♥　こんなところで、ん、ちょっと……」

彼女は驚いたように、俺の身体を軽く押した。

しかしその手に力はこもっておらず、羞恥心が半ば無意識にそうさせただけで、彼女自身は拒みたいわけではないようだった。

「あぁ……んっ……」

最初から露出している彼女の肩に指を這わせると、ユニアは小さく反応した。

しかし、それ以上の拒絶はもうない。

俺はそのまま、背中へと指を動かしていく。

「あっ、ん、ねぇ……そんなえっちなさわり方、外でされたら、んっ……」

「ユニアだってさっき、股間をなでてきてたけどな」

「それは……ん、だって、ジャネイのおちんちんが反応してたから……」

「その前だって、胸を押しつけて誘ってきてたし」

「そ、それはそうですけど、ん、あぅ……♥」

俺は彼女の服の中へ手を入れ、その柔肌を愛撫していく。

「あぁ……ん、はぁ……くすぐったいですわ、ん、あふっ……♥」

ユニアはそう言って身をよじらせた。

俺は手の位置を変え、ユニアがアピールしてきていたその爆乳へと触れる。

「あんっ♥ ん、あぁ……」

むにゅりと極上の柔らかさが手に伝わってくる。

そのまま、収まりきるはずのない大きなおっぱいを揉んでいった。

「あんっ♥ あっ、ジャネイ、こんなとろで、あっ、んっ……そんなに本気で、おっぱい揉むのだめですわぁ……♥」

だめだというその声はとろけており、もっとしてほしい、とすら俺には聞こえる。

路地裏でそのまま、たわわな果実を揉んでいった。

「あぁ……ね、ジャネイ、本当に、んぁ……そんなにされたら、あたし、我慢できなくなってしまいますわ……♥」

彼女はそう言いながらも、快感に身を任せていた。

理性では野外であることに恥じらいつつも、身体のほうはもうスイッチが入っているのだろう。

口とは違い、身体は正直、というやつだ。

「あぁ……♥ ん、ふぅ……」

甘い声を漏らしながら、おっぱいへの愛撫を受けているユニア。

いたずらっぽく攻めていた先程とは一転して、受け身の彼女もかわいらしい。

「あんっ、ん、はぁ……こんな、お外なのに、あたしもうっ……ん、濡れちゃってる……♥ あぁ、ん、はぁ……♥」

もじもじと足を擦り合わせるユニア。その仕草は、俺をさらに興奮させた。

「ユニア……もう我慢できないだろう？」

「んはぁっ♥」

そう言いながら、俺は彼女の足の間へと手を滑り込ませる。

短いスカートの中に手を入れ、下着越しに割れ目をなで上げた。

彼女自身が言ったとおり、そこはもう濡れており、愛液がしみ出している。

「あぁ……♥　だめぇっ……」

力なくそう言うものの、ユニアは自ら腰を動かし、もっと触ってくれとばかりに俺の手におまんこをこすりつけてくる。そのエロいおねだりに、俺の理性など吹き飛んでしまう。

「ユニア……そこの壁に手をついて」

「えっ……そ、それって……」

「ああ、俺ももう我慢できない」

ユニアは羞恥と期待が入り交じった潤んだ目で、俺を見つめた。

「ほら……」

俺は彼女の手を導き、自らの股間に触れさせる。

そこはもう完全に勃起し、ユニアのアソコを狙っていた。

「あっ……♥　ジャネイの、ん、硬いおちんぽ……♥」

欲望の証に触れて、彼女のおまんこからじわりと蜜があふれ出す。

互いにもう、準備ばっちりというわけだ。

「あぁ……♥　んっ……」

勃起竿に触れ、もう引き返せないと悟ったのか、ユニアは小さくうなずいた。

「わ、わかりましたわ……」

そして壁に手をつくと、こちらへとお尻を突き出すようにした。

短いスカートがまくれ上がり、もうすっかりと濡れている下着があらわになる。

俺は滾る肉棒を取り出しながら、彼女の下着をずらした。

「あっ……♥　ん、あたし、こんなところで、あっ♥　おまんこ、出しちゃってますわ……ん、あぅっ……♥」

恥ずかしそうに身体を揺らすユニア。

しかし俺には、それが誘っているようにしか見えなかった。

彼女の腰をつかむと、その濡れ濡れおまんこに肉竿を宛がった。

「あふっ、ん、ジャネイの硬いのが、当たってますわ、ん、はぁ……♥」

愛液が肉竿を濡らしていく。

「んっ……ふぅっ……♥」

そして半ば無意識なのか、ユニアは小さく腰を動かす。

おまんこを亀頭にすりつける仕草は、早く挿れてほしいとおねだりするような動きだ。

俺は期待に応え、肉竿を挿入していく。

「んぁ♥　あっ、ん、ふぅっ……」

ユニアの蜜壺がスムーズに肉棒を受け入れていく。

すでにすっかりと高まっていた膣襞は、すぐに肉棒に絡みついてきた。

「あふっ、ん、おちんぽ、入ってきてますわ……♥　あぁ……」

蠕動する膣襞の抱擁を受け、俺もその気持ちよさにうっとりとする。

「あふっ、ん、太いの、奥まで、あぁ……♥」

ぐっと腰を突き出すと、濡れた蜜壷に肉竿がみっちりと埋まっていく。

「ん、あぁっ……！」

彼女はまた、気持ちよさそうな声を上げた。俺も気をよくして、腰を往復させていく。

「ん、あぁっ♥　こんな、あっ、お外で、あたし、んぅっ♥」

野外でのセックスだということで、かなり恥ずかしいようだ。

しかし同時にしっかりと感じているようで、おまんこはきゅっきゅと肉棒を締めつけてくる。

「んはぁっ♥　あっ、ん、ふぅっ……！」

俺はそんなユニアの様子を楽しみながら、腰を振っていった。

「ん、あっあっ♥　あふっ、んぁっ！」

蠕動する膣襞をかき分けながらら往復していく。

「ああっ♥　ジャネイ、ん、はぁっ♥　あたし、ん、ふぅぅっ！」

壁に手をついたユニアの艶めかしい声。室内とは違う響きに、興奮が高まる。

俺はそのまま、さらに腰を打ちつけていく。

「ああっ！　ん、あふっ、おちんぽ♥　あたしの中、いっぱい突いて、あああっ！」

彼女は感じるまま、嬌声をあげて乱れていく。

「そんなに大きな声を出したら、誰かに聞こえちゃうかもな」

俺が言うとユニアは恥ずかしがるが、しかし気持ちは盛り上がったようだった。

「んはぁっ♥　だめ、そんなのあたし、ん、はぁっ♥　ダメなのに、気持ちよくなって、ああっ！」

外での行為に悶えながら、ますます感じていく彼女。

俺はユニアのお尻をつかむ。むにっと指を受け止める、柔らかでハリのあるお尻だ。

「んはぁっ♥　ジャネイ、あっ♥　激しくしたらダメですわっ……♥　声、出ちゃう、んっ、あっ、あぁっ♥」

「そんなふうに言われると、むしろ俺としては止まれなくなりそうだ」

ユニアのかわいらしい姿に興奮は増していくばかりで、俺はさらにペースを上げていった。

「んはぁっ♥　あっ、だめぇっ！　んぅ、そんなに、あっ♥　いっぱい、突かれたら、ああっ！　あたし、ん、ふぅっ！」

「こうやって外でチンポはめられて、すっごく喜んでるな」

「んあぁ……♥　だめぇっ……あっ、んぅっ！」

頬を真っ赤に染めるものの、おまんこのほうは喜びで吸いついてくる。

「あふっ、や、こんな、あっ♥　お外で、イってしまいますわ……♥　んぁっ、あっ、ああっ……あふっ、ん、くぅっ！」

「うっ……そんなに締められると、こっちもイキそうだ」

膣襞が肉棒を擦り上げ、射精を促してくる。そんな興奮の中で、大きく腰を打ちつけていった。

「んはぁっ！　あっ、ああっ♥　だめぇっ♥」

彼女はひときわ高く、気持ちよさそうな声を上げていく。

「そんなに大声を出すと、ユニアのえっちな声、誰かに聞かれてしまうぞ」

意地悪を言ってみると、膣道がきゅっと反応する。

「あうぅっ♥　そ、そんなこと言われても、んぁ、声、出ちゃいますわっ……♥　気持ちよすぎて、あっ♥　ん、ああっ！」

快感に乱れていくユニア。

「んはぁっ♥　あっ、んぁっ！　そ、それに、こんなところ、誰も来ませんわ、あっ♥　だから、大丈夫、んくぅっ！」

「あぁ……まあ、たしかにこっちには来ないだろうけどな」

人通りがないからこそ、こんな行為に及んでいるのだし。

「でも、声を出しすぎたら、向こうの通りまで聞こえるんじゃないかな？」

「えっ……あっ、それは、んぁっ、ああっ！　や、やっぱりダメですわ、んぁ、おまんこ、じゅぽじゅぽするのだめぇっ♥」

可能性はあると思ったのか、ユニアは再び恥ずかしそうにした。しかし、もうお互いに止められるはずもない。彼女自身も、快感に流されるままに声を漏らしている。

「んはぁっ♥　あっあっあっ♥　だめ、あぅっ……！　ん、くぅっ！　あたし、もう、イクッ！　んぁ、ああっ！」

俺は欲望のままに腰を打ちつけ、その蜜壺をかき回していく。

「んはぁっ♥　あっ、ああっ！　イクッ！」

「う、俺も、このまま……！」

うねる膣襞を擦り上げ、おまんこを突いていく。

「んはぁっ！　あっ、ん、あぅっ！　あっあっあっ♥　イクッ！　んぁ、あぁ、イクイクッ！　イクウゥウゥウゥッ！」

彼女は大きな嬌声を上げながら、ついに絶頂を迎える。

俺も昂り、痙攣するおまんこをさらにかき回していった。

「んはぁっ！　あっ、あああっ♥　イってるおまんこ、突かれて、んぁ、ああっ！」

「う、……もう、出る！」

どびゅっ、びゅくびゅくっ、びゅくんっ！

そのまま、中出しを決めていった。

「あぁっ♥　んぁ、熱いの、いっぱい出てる、んぁ……。お外で、あふっ、せーえき、注がれてますわぁっ……♥」

射精を受け止め、ユニアが気持ちよさそうな声を漏らす。

「んはぁ……あぁ……うぅ……♥」

気持ちよさで脱力していった彼女を支えながら、俺も解放感に包まれていく。

「あぅっ……こんなお外で、あぁ……」

行為を終えたことで正気に戻ったのか、ユニアは恥ずかしそうに顔を赤くしていた。

しかし、いつもとは違うプレイも気持ちよかったようで、その顔は満足げだ。

「ずいぶんと、気持ちよさそうだったな」

「あぅ……お外でするのに……はまってしまったら大変ですわ……」

そんなことを言いながら、俺に身体を預けてくるユニア。

俺は彼女を抱きよせ、外気で少し冷えた身体を温め合った。

初めての野外セックスで、顔を上気させた様子のユニア。その姿はとてもえっちでいい。

露出趣味があるかはわからないが、こういうのはやはり、余計に興奮するものだな。

「ジャネイってば……んっ……」

彼女も少し落ち着いたようで、地面にかがみ込む。

抱きかかえようかとも思ったが、腰が抜けてしまったという訳ではなかったみたいだ。

「ここ……まだ元気ですのね♪」

そう言って、つんっと、細い指先でチンポを突いてきた。

「街中であんなに盛《さか》って、あたしに襲いかかってきた、いけないおちんぽですわ♥」

「元はといえば、先におっぱいでいたずらしてきたのはユニアだがね」

俺が言うと、彼女はしゃがんだままで、俺の肉棒を握った。

「ちょっとさすっただけなのに、路地裏に連れ込まれて思い切りおまんこ突かれましたわよ？」

「まあ……ユニアがかわいくて、ついやり過ぎたかもな」

「そ、そんなこと言ってもだめですわっ」

「うぉ……！」

かわいいと言われて照れたのか、彼女は恥ずかしさを紛らわすかのように肉竿をしごいてきた。

急に勢いよく擦られて、思わず声が漏れてしまう。

出したばかりで敏感ではあるものの、そこはまだ混じり合った体液でどろどろだったので、しごく動き自体はスムーズだ。

「ん、一度出したのにこんなにガチガチで、にちゃにちゃといやらしい音までさせて……」

音に関しては、半分くらいはユニアの愛液のせいでもある。

「こんな路地裏でパコパコ突かれて、あたしはまだ足に力が入らないのに……このおちんぽは、ぜんぜん反省していませんわね」

「擦られてると、余計に落ち着けないから……」

俺はそう言って彼女に手を伸ばすが、ユニアはむしろぐいっと肉棒に顔を寄せた。

「ふふっ♪　いたずらっこのおちんぽには、反省してもらいますわ♥　ジャネイも気持ちよさで、立ってられなくしてあげますわ……あむっ♪」

「うぉ……」

彼女はそのまま、ぱくりと肉棒を咥えた。ユニアの小さなお口が、体液まみれの肉棒をしゃぶる。

「あむっ、じゅぷっ、じゅぽっ……」

「ユニア、うぁ……」

彼女はゆっくりと、肉竿を喉の奥へ咥え込んでいく。

「んむっ……ちゅぽっ……どろどろのおちんぽ♥　ん、しゃぶられて、気持ちよさそうな顔になってますわよ？」

彼女は俺を見上げながら言った。

「お掃除フェラ……敏感なおちんぽを舐められるの、気持ちいいですの？」

「ああ……すごい刺激だ」

「あむっ、ちゅぷっ……れろぉっ♥」

彼女は俺に見せつけるように角度を変え、肉竿を舐めてくる。

そして一度肉竿を口元から離したかと思うと、大きく舌を伸ばして舐めてきた。

気持ちよさはもちろん、そのエロい光景に欲望が掻き立てられていく。

「あむっ、ちゅぱっ……ぺろっ……」

彼女は上目遣いで俺を観察し、ゆっくりと肉竿を舐めていく。

「れろっ、ちろっ……ちゅぷっ……」

その舌使いに、出したばかりのはずの肉竿が、また射精準備を始めてしまう。

「ちゅぷっ、ん、ちゅぱっ……おちんぽの根元から先っぽまで、ぺろっ……れろっ、とろとろぬるぬるを舐めとって、れろぉ♥」

「う、あぁ……」

肉棒を余すところなく舐め回されてしまい、気持ちよさに声が漏れる。

「普通のお掃除フェラなら、んっ、もう十分ですわね……♥　でも……♪」

彼女はいたずらっぽい目で俺を見上げると、ぱくりとまた肉棒を咥えた。

「これは元気すぎるおちんぽへのお仕置きですわ♥　ちゅぅぅぅっ♪」

「急に吸われると、うっ……！」

彼女は亀頭をしっかり咥え、そのままバキュームしてきた。

突然の快感に俺の姿勢が崩れる。ユニアはそれにもかまわず、肉竿をしゃぶっていった。

「じゅぷぷっ、じゅぽっ、ちゅぱっ♪」

頭を大きく前後させて、肉棒をその唇でしごいていく。

「ちゅぱっ、じゅぽ！」

温かな口内にしゃぶられ、唇でしごかれ、どんどんと快感が蓄積していった。

「じゅぽぽっ！　ちゅぱ、れろっ、じゅぷっ……♥」

俺の腰が悶えても、ユニアは容赦なくフェラを続けていく。

「ちゅぱっ、れろっ、じゅぽぽぽっ！」

「うぁ、ああ……」

俺は何もできず、チンポをしゃぶり尽くされているだけだった。

「あむっ、じゅぽっ、ちゅぷっ……。街中でえっちなことをしてしまうおちんちん♥　しっかりとすっきりさせて差し上げますわ♥」

「あぁ……いや、一度出したし、落ち着いていたのに、うっ」

「ちゅぱっ♥　れろっ……嘘はダメですわ♪　精液が溜まりすぎているから、我慢できなくなってしまうのですわ」

彼女はそう言いながらさらに肉棒をしゃぶり、刺激を与えてくる。

「じゅぽっ！　じゅぽっ、じゅぶぶっ！　だから、子種を絞り尽くして差し上げますっ♥　ほらぁ……じゅぽぽぽっ！」

「くおっ……むぅ……ああ！」

激しいフェラに、欲望がすぐにでもあふれそうになる。

「れろっ、ちゅぱっ……この子種袋の中に、溜まりすぎたザーメン♥　しっかりと吸い出して差し上げますわ♥」

ユニアは、片手で陰嚢を持ち上げるようにして刺激してくる。

「あぁ……♥　ずっしりと重いタマタマ……この中に子種が、いっぱい詰まってますのね♪」

「そこは、うぁ……♥」

ユニアは片手で陰嚢を刺激してくる。

その手つきはむしろ、精子の生産を促しているかのようだった。

「じゅぽっ、ちゅぽっ、れろっ……ほらぁ♥　出しなさい♪　じゅぽっ、ちゅぽっ……あたしのお口で、出しちゃえ♥」

「あぁ……ユニア……」

ふにふにと陰嚢をいじられ、肉棒を容赦なくしゃぶられ……俺の限界が近づいてくる。

「じゅぽぽっ、じゅぷっ、じゅぽっ……♥　あぁ、おちんぽの先っぽ、膨らんで……じゅぷぷっ！　じゅぽっ、ちゅぱっ！」

彼女は大きく頭を動かし、肉竿をしごいていく。温かな口内を往復して、欲望があふれ出す。

自ら動いてしゃぶっていたところに腰を突き出され、彼女は驚きながら精液を受け止めさせられていた。

「んむぅっ♥　ん、んぐっ、んんんっ！」

俺は腰を突き出し、彼女の喉奥に肉竿を突き出しながら射精した。

「ユニア、出る！」

「んんっ、ん、んくっ、んぉ、んんっ！」

「あぁ……気持ちいい……はぁ」

俺はユニアの口で、気持ちよく射精をしていく。

最初は抵抗していたものの、最終的には我慢できずに、自ら腰を振ってしまった。急なイラマチオのようなかたちだったので、ユニアには悪いことをしてしまった。

「ん、んん……ごっくん♥」

それでも彼女は俺の精液を飲み干し、妖艶な笑みを浮かべた。

「はむ……二回目なのに、ん……濃いせーえき♥　お口にいっぱい出されてしまいましたわ♥」

言いながらも、ちゅぱちゅぱと舐めてくる。

咥えられたままの肉竿を、彼女の口から引き抜こうとした。すると……。

「ちゅぅぅぅぅっ♥」

「うぁ、ユニア、あぁ……！」

しかし彼女は肉竿を放さず、それどころかバキュームしてきた。

「ユニア？　そんなに吸い出さなくても……」

尿道に残る精液すら、余さずに吸ってくるその貪欲さはエロくて最高だ。

しかし二度も出した後だということで、ちょっと刺激が強すぎる。

「あら？　あたし、おちんぽから精液をすするだなんて、そんないやしい真似はいたしませんわ。ちゅぱっ♥」

「そうか……それならもう……」

俺の言葉を遮るように、彼女はにやりと笑った。

「だって、最後に腰を突き出して、あたしの喉におちんぽをつっこむなんて……まだまだ出したりないということでしょう？　ちゃーんと、タマタマが空っぽになるまで絞って差し上げますわ！　じゅぽぽぽっ！　じゅぶっ、ちゅぽっ、レロレロレロレロレロレロ！」

「ユニア、あっ、また？　あぁ……」

射精直後だというのに激しく肉棒に吸いつき、再び舌先で亀頭を舐め回してくる。

「そんなにされたら、うぁ……」

「じゅぷぷぷっ！　じゅぱ、れろろっ！　ちゃんと、んぁ♥　気持ちよさで腰が抜けてしまうまで、おちんぽしゃぶり尽くしますわ♥」

「待って……。さすがにこれ以上は……」

「じゅぽっ、ちゅぱっ、れろっ……そんなこと言っても、おちんぽはもっとしてほしいって、もうガチガチになってますわよ？」

「確かに気持ちいいけど、うぁ……」

ドスケベに、容赦なくチンポを咥えこんでいくユニア。

本当に気持ちよすぎて、根こそぎ持っていかれそうだ。

「あむっ、じゅぽっ♥ れろろおっ、ちゅぽっ、じゅるるっ♥」

野外プレイで、彼女のスイッチが入りすぎてしまったらしい。

ベッドの上でもなかなか見ないようなスケベっぷりを発揮して、俺の肉棒を逃がさず、しゃぶり尽くしていく。

「じゅぽぽぽっ、ん、じゅぽっ♥ あはっ♪ おちんぽ、たくさんしゃぶられて、ジャネイの顔がとろけてますわ」

「ああ……さすがにこれは、うっ……」

「あはっ♥ ようやく及び腰になりましたわ。でも、逃がしませんわよ」

あまりの快感に腰を引こうとすると、彼女は俺の腰へと手を回して押さえた。

そしてそのまま大きく頭を動かしていく。

「じゅぽじゅぽじゅぽじゅぽじゅぽっ！ 感じてるジャネイの顔、すごくセクシーですわ♥ あぁ……そんな顔されたら、じゅぶぶぶぶっ！」

「う、ああ……うっ！」

俺を逃がさないようにホールドしながら、激しいフェラを行っていく。

「じゅぽぽっ！ じゅぶっ、ちゅぱっ♥ れろっ、じゅるっ、じゅぶぶぶぶ！」

「あぁ、もう出る、また……うぁ……」

俺は腰を引き気味にしたまま、しかしそれ以上動けずにチンポをしゃぶり尽くされ、バキュームされていく。

「じゅぼじゅぼじゅぼっ！　ちゅぶぶっ、ちゅぱっ、ちゅううぅぅぅぅ♥」

どびゅっ！　びゅくびゅくっ、びゅるるるるっ！

そしてそのまま精液を吸い取られるように射精した。

「ん、じゅるっ、じゅるるるっ♥」

彼女は根元までしっかりと吸いつきながら、精液を受け止めていく。

「あぁ……あっ、もうだめだ……ユニア」

連続射精でさすがに体力を使い切り、そのままゆっくりと腰を下ろしてしまった。

「ごっくん♪　あふっ……♥」

彼女は精液を飲みきると、口を離してうっとりと笑みを浮かべた。

股間に跪いて顔を埋めていたユニアだけれど、俺がへたりこんだので、見上げるかたちになる。

「あたし、興奮しすぎてしまいましたわね……♥」

恍惚の表情でそう言うユニア。

これまで以上のドスケベさに押され、すっかりと搾り取られてしまった。

さすがにもう起《た》たない。路地裏にはふたりの性臭が漂っているが、俺たちはしばらく休んでから、帰ることにするのだった。

エピローグ　成り上がり聖者のハーレムライフ

上級司祭にもなり、聖者と呼ばれるようになった。

お姫様との婚約話も進み、教会での地位は盤石だ。

ただの準司祭だった俺では、考えられなかった状況だろう。

常識の改変された世界で、俺は困るどころか逆にすべてを手を入れていた。

教会内でもますます尊敬され、上級司祭という階位以上の影響力を持っている。

そしてもっとも大きいのが、美女たちに囲まれるハーレムライフだ。

そんな幸福を、贅沢に享受している。

聖者として担ぎ上げられているので、あちこちに顔を出したり、意見を求められたりと忙しくはしているものの、それもまた充実しているということだろう。

それに、そうして昼間はせわしなく動いていても、夜になれば美女たちに囲まれて癒やされるのだ。そのためにも頑張ろう、というふうに思えば、忙しさは悪いものではなかった。

そんな充実した日々を送っていた、ある夜。

一日の仕事を終えてのんびりと部屋で過ごしていると、リーリスたちが部屋を訪れたのだった。

それも、三人そろって。

「みんな一緒なのか」

「そうなんです」

「ジャネイが少し、王都を離れていたでしょう？」

うなずいたリーリスに続いて、ユニアが引き継ぐ。

「だから、今日はみんなで部屋に行こうって」

「ジャネイなら、三人一緒でも大丈夫だもんね♪」

そんなふうに、クィンティーも俺の精力に期待してくれているようだった。

まあ、女の子にここまで期待されるなら、応えないわけにはいかないだろう。

俺としても、美女三人に同時に求められるなんて、興奮するしな。

「ほらほら、こっち」

クィンティーが俺の腕を引っ張って、ベッドへと連れていく。

リーリスとユニアも、すぐ後ろからついてくるのだった。

ベッドの端に腰掛けると、目の前では彼女たちが服を脱いでいく。

「ふむ……」

俺はその光景を眺めた。こうして複数の女の子が脱いでいる姿を見るのは、なかなか興奮させられるな。普通は出来ないことだし、美人揃いなので、とても贅沢な光景だった。

どこか少し、のぞき見しているような背徳感もある。

「なんだか、ずいぶん視線を感じますわね」

そんな俺に、ユニアが笑みを浮かべながら声を開けてきた。

「まあ実際、じっくりと見ているからね」

俺はそれに平然と答える。

「脱いでるの見るの、楽しいの？」

そう言いながら、クィンティーが俺の目の前で脱いでいく。

「ああ、それもいいな」

のぞき見る感じの背徳感もいいけれど、やはり間近で眺めるのもいいものだ。

クィンティーの白い肌が、俺のすぐそばであらわになっていく。

「あはは……」

そうして大胆に脱いでいくクィンティーの後ろで、リーリスのほうは意識してしまったのか、少し恥ずかしそうだった。俺と一対一ならともかく、この状況が恥ずかしいというのもわかる話ではある。

美女が恥ずかしがるのもいい。そう思いながらさらに眺めた。そんなふうに彼女たちの脱ぐ姿を見たあとで、裸の美女三人に囲まれてしまうと、当然すぐにその気になってくる。

「さ、ジャネイさんも……」

「ここも、もう期待しているみたいですし♪」

リーリスが俺の服に手をかけると、ユニアがすぐに股間をなでてきた。

もう血が集まっているそこを、ズボン越しに刺激される。

「ふふっ、硬いのがわかりますわ♪」

そう言って肉竿を握ってくる。ユニアの手がにぎにぎと、服越しに緩い刺激を与えてくる。

「ほら、はやく見せちゃおうよ」

その横からクィンティーが顔を出した。

「そうですわね」

ユニアがうなずくと、俺のズボンへと手をかける。リーリスが上半身を脱がしていき、ユニアが下半身を。そうして彼女たちに、俺はすぐ脱がされてしまった。

「あぁ……逞しいおちんぽ♥」

飛び出した肉竿に顔を寄せて、ユニアがうっとりと言った。

「もうこんなにガチガチで、いやらしい匂いをさせて……♥」

「本当、今日はいっぱい頑張ってもらうからね♪」

クィンティーも顔を寄せてくる。

三人同時に相手だなんて、豪華な話だ。その分の精力が必要にはなるが、様々な女性から求められるハーレム生活を送る中で、俺は確実に成長していた。

自身も裸のままで、俺に肉竿をうっとりと見つめるふたり。

美女ふたりのスケベな姿に、俺の気持ちも高まっていく。

「ジャネイさん……ちゅ♥」

俺の上半身を脱がし終えたリーリスが、そのまま抱きつき、キスをしてきた。

「んっ……んむ♥」

彼女の柔らかな唇を感じていると、そのまま舌が入ってくる。

「ちゅっ、れろっ……♥」

リーリスと舌を絡めていると、不意に下半身からも気持ちよさが昇ってきた。

「れろっ♪」

「あ、わたくしも、ぺろっ♥」

どうやら、ふたりが肉竿を舐め始めたみたいだ。温かな二枚の舌が、ちろちろと舐めてくる。

「んむっ、ちゅっ……れろっ……♥」

そちらから俺の意識を引き戻すかのように、リーリスが舌を絡めてきた。

「れろっ……ちろっ……」

俺は三人それぞれの舌に愛撫されていく。

「ぺろっ、れろろっ！」

「んむ、れろっ……ちゅぱっ……♥」

美女たちの愛情たっぷりの愛撫で、気持ちよさが膨らんでいく。

「ん、ふぅっ……ジャネイさん……♥」

唇を離し、見つめてくるリーリス。

「ん、れろっ……」

「先っぽを、ぺろっ！」

その間も、ふたりは肉竿を舐めてきている。

「れろっ、ちろろっ……」

「ん、ちろっ……んぁ……」

リーリスが一度身体をずらすと、ふたりも肉竿をから舌を離す。

「おちんぽを三人で責めてもいいけど……どうせなら、もっと三人分をしっかり感じられるほうがいいですわよね？」

「わたくしたちの身体、むぎゅーって押しつけてみたりとか」

そう言って、クィンティーは俺の後ろ側に回ると、そのままむぎゅりと抱きついてくる。

大きなおっぱいが背中に押し当てられて、柔らかくかたちを変えているようだ。

「こうやって後ろから抱きついて、さわさわ」

彼女はそのまま手を前に回し、お腹のあたりを撫でてくる。

くすぐったいような感覚と、女の子のしなやかな手に撫で回される気持ちよさ。

「なでなでー」

性的な意味ではない気持ちよさに、身を任せる。

「じゃああたしはこうやって、正面から、えいっ♪」

「うむっ……」

ユニアは俺の膝に乗っかる形で、正面から抱きついてきた。

そしてその爆乳に俺の顔を埋めさせる。

豊かな双丘に顔が埋まれ、柔らかさと女の子のいい匂いに包みこまれた。

前後からおっぱいに挟まれるのは、いいものだ。

「むぎゅー」

「むぎゅむぎゅっ、なでなで」

ふたりにおっぱいを押しつけられて、その柔らかさに浸っていく。

「むぎゅぎゅー、あんっ♥　ちょっと息が荒くなってますわ♥」

顔を埋めた状態で、心地よい圧迫感に浸って興奮してしまったようだ。

「ん、ふぅっ……」

「あらあら……それなら、私はおちんちんを気持ちよくしていきますね……この場合はやっぱりここでしょうか。えいっ♥」

肉竿がむにゅりと柔らかいものに包みこまれる。俺の視界はユニアの爆乳で塞がっていて見えないが、チンポがリーリスのおっぱいに包みこまれたのだろう。

「ん、しょっ……ふふっ、硬いおちんぽ、挟み込んじゃいました。むぎゅー」

三人のおっぱいに全身を包みこまれ、すっかり気落ちよくされている。

「むぐっ、すりすり……」

「むぎゅぎゅっ」

「ん、しょっ、えいえいっ！」

三人がそれぞれ、その柔らかな双丘を押し当ててくる。

まさにおっぱいハーレムだった。

「こうやってぎゅってしているのも、いいよね」

「んっ……あたしも。甘えられているみたいで、なかなか嬉しいですわ」

クィンティーとユニアはそんなふうに言った。

確かに、おっぱいを当てているとはいえ、クィンティーは後ろから抱きついて、俺の身体をスリスリしているだけだからな。

普通に甘えているだけ、というシチュエーションと、さほど変わりはないかもしれない。

狙っていなくても、おっぱいは当たってしまうものだし。

対して、ユニアのほうは生おっぱいに顔を埋めさせているので、俺を甘えさせているにしても、性的な色合いはクィンティーよりも強いだろう。

おっぱいに顔を埋めるなんて、普段の場合は、すぐにえっちなほうに頭がいってしまいそうだ……。

リーリスにいたってはパイズリなので、純粋にエロ行為だから気持ちいい。

おっぱいに顔を埋めながら、おっぱいで肉棒をしごかれるなんて、普通はできないことだ。

しかも後ろからも、おっぱいを当てられている……。

美女三人によるおっぱいハーレムは、最高だった。

精神的な満たされ感が強く、気持ちよさがますます膨らんでいく。

それに浸っていたい気持ちもあるけれど、パイズリの快感もあって、射精欲が込み上げてきた。

「んっ♥　おちんぽ、膨らんできてますね……おっぱいをぐいぐい押して、射精したいよーって言ってるみたいです♪」

リーリスはそう囁きながら、さらにおっぱいで肉棒を擦り上げてくる。

「んむっ！　はふ……」

「あんっ♥　もう、そんなに息を吹きかけられたら、くすぐったいですわ。んぁっ！」

そう言って身じろぎしたユニアの乳首を咥え、俺は舌で刺激した。

「急にそんな、んっ♥」

そのまま舌で、乳首を転がすように愛撫する。

「あっ♥　もう、んんっ！」

「あはっ、ジャネイさんのおちんぽも反応してますね。えいえいっ♥」

乳首を責められて感じるユニアと、パイズリで追い込みをかけてくるリーリス。

込み上げてくるものを感じながらも乳首に吸いつき、刺激していった。

「あんっ♥　ん、はぁっ、あっ、ああっ！」

「えいっ、おちんぽイってくださいい♥　むぎゅ、しゅっしゅっ、むぎゅー♪　きゃっ♥　出たぁ♥」

リーリスのおっぱいに絞られながら、俺は射精した。

「あぁ、もう……あやうく、乳首でイかされるところでしたわ……」

俺が放出したこともあり、ユニアは身体を離した。解放された爆乳が、目の前で揺れる。

リーリスはおっぱいで精液を絞り切ると、やっと肉竿を離す。

「三人とも……」

おっぱいハーレムを堪能し終えた俺は、彼女たちに声をかける。つぎは俺の番だ。

「四つん這いで並んで。お尻をこっちに突き出すように」

「はいっ」

クィンティーがいち早く返事をすると、俺の背後から離れる。

そして残ったふたりも、俺が言ったように動くのだった。程なくして、三人がベッドに並ぶ。

「おぉお……」

その光景に、俺は思わず息を漏らした。三人の美女が四つん這いになり、お尻と濡れたおまんこを俺に向けているのだ。エロすぎる光景は、オスの本能を直に刺激してくる。

「ジャネイさん、んっ……」

少し恥ずかしそうに声を出すリーリス。

「ジャネイ、ん、わたくしのここ、もうこんなに、あっ……♥」

そう言って、自らの指先で割れ目をくぱぁと広げるクインティー。

ピンク色の内側が濡れて蠢く光景に、思わず疼いてしまう。

「あたしも、ん、もう準備できてますわ……」

そう言って、ふりふりとお尻を振ってアピールしてくるユニア。

三人から淫らに求められ、俺は昂ぶりのまま彼女たちに近づいていく。

濡れ濡れおまんこからあふれるフェロモンに、肉棒は滾っていた。

俺はまず、もっともエロくアピールしてきたクィンティーに肉棒をあてがう。

「んはぁ♥　あぁ……」

くぱぁと拡げられたおまんこは、すぐにでも肉棒を迎え入れようとしている。

そのスケベさに誘われるまま、挿入していった。

「んはぁっ♥　あっ、ん、はぁ……」

お姫様のおまんこも、ずいぶんとエロくなった。膣襞が肉棒を包みこみ、締めつけてくる。

「あぁ、ん、ふぅっ……太いのが、中、入ってきて、んあっ♥」

すっかりと濡れている蜜壺は、肉棒を咥えこんで放さない。

俺はそのまま、腰を往復させていった。

「んはぁっ、あっ、ん、ふぅっ！」

真っ先に快感を貫ったクィンティーが、かわいらしい声を上げていく。

「ああ、ん、はぁっ……♥」

普通ならこのまま往復していくところだが、今はリーリスとユニアもいる。

俺はある程度腰を振ったところで、肉棒を引き抜いた。

そして、次は隣のリーリスに挿入していく。

「んはぁっ♥　あっ、ジャネイさんの、ん、あぁっ！」

こちらももう十分に濡れており、スムーズに肉棒を受け入れていった。

俺はそのまま、リーリスの中を往復し始める。

「あぁっ、ん、はぁ、ああっ……♥」

三人同時だから余裕はない。最初からハイペースで腰を動かしていく。

「んぁ、おちんぽ、中で、あぁっ！」

そして何度か往復すると、再び肉棒を引き抜き、次はユニアのほうへ。

「ジャネイ、ん、ああっ♥」

彼女のおまんこも肉棒を待ちわびていたようで、きゅっと締めつけてくる。

「最後まで焦らされていたぶん、んぁ、すごくおちんぽを感じますわ……あっ、はぁ、あぅっ！」

「なるほど、そういうこともあるのか」

待つことで興奮が冷めてしまう一方かとも思ったが、焦らしプレイのようでそれもユニアには快感になるらしい。だが、挿れているときはしっかりと腰を振ることにする。

「んはぁっ、あっ、ん、くぅっ！」

「あぁっ、ん、はぁ、ああっ！」

「あんっ♥ ん、あぁっ！」

俺は代わる代わる三人に挿入し、気持ちよく腰を振っていった。

「あぁ……ジャネイ、ん、はぁっ♥」

美女三人を同時に抱くというのは、その豪華さもあって最高だった。お尻が並ぶのも、とてもエロい。

「んはぁっ、あっ、ジャネイ、んぅっ、わたくし、んはぁっ♥」

そうして三人のおまんこをかき回していると、彼女たちの快感も高まり、嬌声が重なっていく。

「あぁ、わたくし、あっあっ♥　イクッ！　ん、はぁっ、あっ♥　あぁぁっ！」

「それなら、このまま……」

三人を味わうのは豪華で満たされる反面、俺自身は三倍気持ちいいため、限界が近かった。

そんな中でクィンティーが絶頂に近そうなので、まずはこのまま彼女をイかせようと腰を振っていく。

「ああっ♥　んはぁっ、あっ、もう、イクッ！　ん、ああっ！」

「うっ……俺も」

「んはぁっ♥　ああっ、んんっ、はぁ、あんっ♥」

四つん這いではしたなく感じていくお姫様。その膣襞も精液を求め、肉竿を締めつけてくる。

俺はそのまま、彼女の奥まで突いていった。

「んくぅっ♥　あっ、ん、はぁっ、あっあっあっ♥　イクッ、もうイクッ！　イクイクッ！　んくぅぅぅぅっ♥」

「出すぞ……！」

どびゅっ、びゅるるるるっ！

彼女の絶頂をワンテンポ待ってから、俺も思いきり射精した。

「んはぁぁっ♥　おちんぽ♥　中で跳ねて、熱いの、びゅくびゅく出てるっ……！」

彼女は中出しを受けて、さらに嬌声を上げた。

「あぁっ、わたくしの、んぁ♥　イってるおまんこに、いっぱい出されたら、ん、あぁっ、んはぁあぁっ♥」

絶頂中への中出しで、子宮でもさらに感じたみたいだ。

「あふっ、ん、はぁ……♥」

大きな快感の波に流され、クィンティーが脱力していく。

俺はそんな彼女から肉棒を引き抜き、そっとベッドに寝かせる。

そうしてから、俺を待っているふたりへと向かう。

「ああっ♥　ジャネイさん、ん、はぁっ♥」

射精直後の肉棒が、リーリスのおまんこにきゅうきゅうと締めつけられる。

まだイってない彼女のほうは、快感を求めて吸いついてきていた。

俺はそんなおまんこを、またかき回していく。

「んぁ、あっ、あふぅっ、んはぁっ……♥」

当然、ユニアにも交代で挿入して腰を振っていった。

「んくぅっ♥　そんな、急に、あっ♥」

今度はふたりのおまんこを行き来して、代わる代わる味わっていく。

「あぁ、ん、待たされたり、激しくされたり♥　ジャネイに振り回されて、んはぁ、気持ちよくなってしまいますわ、ん、あぁっ♥」

ユニアがそう言って乱れていく。Mっ気がある彼女のほうがやはり、待っている間も興奮しているようだ。俺はそんなユニアの、十分に濡れたおまんこを往復していく。

「んぅっ♥　あっ、ああっ……。もっと、ん、はぁっ！」

お尻を突き出しながら感じ入り、ユニアが嬌声の音量を高める。

俺は彼女のむちっとしたお尻をつかみ、膣奥まで激しくピストンしていく。

「んくぅっ♥　あっ、ああっ！　おちんぽに、お腹の奥まで突かれて、んぁ、あたしの子宮、つんつんされてますわぁっ、んあぁっ♥」

子宮口が亀頭をぱくっと咥えこみ、吸いついてくる。そこをさらに突き込んでみた。

「あふっ、ん、奥っ、おちんぽに突かれて、あたし、あふ、イってしまいますわ、あっ、あぁっ♥」

「ユニア、うっ……」

締めつけてくる膣道の気持ちよさを感じながら、子宮口をもっと刺激していく。

「ああっ♥　ん、はぁっ、そんなに、奥ばかり、突かれたらぁ、んあっ♥　あっあっ、イクッ！　んんっ、あふっ……！」

それでも俺は容赦なく、ユニアを最後まで責めていく。

「ジャネイ、ん、あぁっ！　わたくし、あっ♥　イクッ！　ん、はぁっ♥　ああっ、ん、ああっ！」

高速でピストンを行い、そのまま上り詰めさせた。

「んはぁっ♥　ああっ、激しっ、ん、はぁっ♥　あぁ、イクッ、ん、ああっ、ん、あう、イクウゥウゥッ！」

背中をのけぞらせながら、ユニアが絶頂を迎える。

膣道が肉棒を絞り上げてきた。

先程出したばかりでなかったら、俺も漏らしてしまっていただろう。

「あふっ、ん、はぁ……」

子宮口を刺激されながらの絶頂に、ユニアも脱力していく。俺はリーリスへと向き直った。

「ジャネイさん……えいっ♥」

「うぉ……」

そんな俺を逆に、彼女が押し倒してきた。

「いっぱい腰を振って、お疲れですよね……だからジャネイさんは、そのまま寝ていてください」

そう言って俺をベッドに寝かせるリーリス。

とはいえ、そのまま休ませてくれることは、もちろんない。

すっかりと発情した顔の彼女は、そのまま俺に跨がった。

「ん、はぁ、ああっ……♥」

そして騎乗位で、しっかりと繋がっていく。

待ちわびていたおまんこが肉棒に絡みつき、貪《むさぼ》るように刺激してくる。

「あふっ、さっきのジャネイさんにみたいに、私も激しくしますね♪」

「うぉ、リーリス、あぁ……！」

彼女は快感を求めて、腰を動かしていく。

すでに十分盛り上がっていたこともあり、最初から大きく動いていった。

「んはぁっ♥　あっ、ん、ふぅっ……元気なおちんぽ♥　ふたりをイかせても、まだこんなにご立派で、んぁっ♥」

リーリスは大胆に腰を振りながら、うっとりと俺を見下ろした。

その表情がエロいのはもちろん、腰ふりに合わせて弾むおっぱいも最高だ。

「あっ♥　ん、はぁっ、ふぅ、ん、ああっ！」

彼女が腰を振り、その巨乳が揺れていく。

先程までの、バックで腰を振っていたときとは違う気持ちよさが襲いかかってくる。

騎乗位のほうが、深い挿入感だった。根元を膣口で愛撫されるのも気持ちいい。

「あぁっ♥　ん、はぁ、ジャネイさん、ん、ふぅっ、ああっ♥」

焦らされていた分を取り戻そうとするリーリスの腰ふりは激しく、彼女自身もすぐに感じ、どんどんと嬌声が大きくなっていく。

「んはぁっ♥　あっ、ん、はぁ、ああっ、ん、くぅっ！　もう、イクッ！　あっ、ん、もっと♥　ん、あうぅっ……」

「リーリス、うっ……」

貪欲に快感を求めるリーリス。膣襞も蠢きながら肉棒を擦り上げ、射精へと導いてくる。

「んはぁっ♥　あっ、ん、もう、あぁっ♥　イクッ！　ジャネイさんも、んぁ、私の中に、ん、たくさん出してぇっ♥」

「ああ……出そうだ、う、あぁ……！」

激しいピストンと、弾むおっぱい。

ドスケベに俺を求めてくれるリーリスの姿に、限界が近づいてくる。

「ああっ♥　ん、はぁ、あぅっ、ん、くぅ！　ジャネイさん、ん、はぁっ♥」

彼女が差しだしてきた手を、恋人繋ぎで握る。リーリスはそのまま、快楽に乱れながら腰を振ってきた。

「んはぁッ♥あっ、もう、イキますっ♥　ん、はぁ、あっあっあっ♥　あふっ、イクッ、ん、イッ
クウウゥウゥッ！」

「う、あぁ……！」

どびゅっ、びゅくくっ、びゅくんっ！

絶頂したリーリスのおまんこに、俺も精液を吐き出していく。

「んはぁっ♥　あつ、ん、中に、ジャネイさんの、熱いのが、あぁ……♥」

精液を受け止めながら、リーリスがぼんやりと呟く。

「あふっ、ん、はぁ……♥」

そのまま、彼女は力を抜いていった。落ち着いたところで、彼女もベッドへと寝かせる。

三人とのセックスはとても気持ちがよく、精神的にも満たされる。

体力のほうは、すっかりと絞りとられてしまったが。

「ジャネイ、んっ……」

「あたしも、ぎゅっ」

そんな俺に、クィンティーとユニアが抱きついてきた。

彼女たちはそのまま俺に抱きつき、軽く手を動かしてくる。

「すっごく気持ちよかったね♪」

クィンティーが上機嫌に言って、笑みを浮かべる。

「三人でするると、ジャネイも喜ぶみたいですし、もっとしてもいいですわね」

「ああ……俺ももっと体力をつけよう」

ハーレムプレイは男のロマンだ。

「今の精力でも、すごいと思いますわよ？」

「ちょっと休んだら、またできそうだしね」

クィンティーが陰嚢へと手を伸ばし、軽く撫でてくる。

「今も、また新しい精液がタマタマで作られてるみたいだね」

とはいえ、さすがに体力も限界だ。

何度もの射精もあって、眠くなってきている。

美女三人とセックスをし、彼女たちに包まれながら眠りに落ちていく……。

こんな幸せな日々が、これからも続いていくのだ。

昔では考えられなかった幸福。

それをかみしめながら、意識を手放していくのだった。

あとがき

みなさま、こんにちは。もしくははじめまして。赤川ミカミです。

嬉しいことに、今回もパラダイム様から本を出していただけることになりました。

これもみなさまの応援あってのことです。本当にありがとうございます。

さて、今作は突然、常識改変が起こって女性がエロく、男性が消極的になった世界で、ひとりだけ影響を受けなかった主人公が、成り上がりハーレムを作っていく話です。

本作のヒロインは三人。

まずは主人公の従者である、リーリス。

主人公と同じく教会に属しているシスターです。

優しく頑張り屋な性格で、常識改変以前から主人公とは近しい関係にありました。

元は貞淑をよしとしていたため、お互いに言い出せず発展することはありませんでしたが、常識改変によって変わっていきます。

これまで抑えていた欲望が肯定される世界になったことで、エロく主人公に迫ってくるようになっていきます。

次に、枢機卿の娘である、ユニア。

親の七光りもあり、若くして上級司祭という地位につき、その権力で好き勝手しているわがままなお嬢様です。

プライドが高いこともあり、常識改変後も安易に男性にすり寄ることのなかった彼女ですが、勢いを増した主人公に興味を持ち、自らの配下に加えようとしたことで、逆に落とされていきます。

最後はお姫様である、クィンティー。

王位の継承順位が低いこともあり自由に育った彼女は、明るくまっすぐな性格で、平民出身の主人公にも素直に接してきます。

そんなヒロイン三人との、いちゃらぶハーレムをお楽しみいただけると幸いです。


それでは、最後に謝辞を。

今作もお付き合いいただいた担当様。いつもありがとうございます。またこうして本を出していただけて、本当に嬉しく思います。

そして拙作のイラストを担当していただいた218様。本作のヒロインたちを大変魅力的に描いていただき、ありがとうございます。特に、普段は露出が少ないように見えるリーリスの、ここぞというときに乱れる姿がエロくて素敵でした！

最後にこの作品を読んでくれた方々へ。

過去作から追いかけてくれた方、今回初めて出会った方……皆さんありがとうございます！

これからも頑張っていきますので、応援よろしくお願いします。

それではまた次回作で！

二〇二一年一一月　赤川ミカミ

KiNG novels

キングノベルス

常識《じょうしき》改変《かいへん》が起《お》こった異世界《いせかい》で強欲《ごうよく》な聖者《せいじゃ》はハーレムをつくる

2021年 12月29日 初版第1刷 発行

■著　者　赤川ミカミ
■イラスト　218

発行人：久保田裕
発行元：株式会社パラダイム
〒166-0004
東京都杉並区阿佐谷南1-36-4
三幸ビル4A
TEL 03-5306-6921
印刷所：中央精版印刷株式会社

KN098

"パーティーをクビになったけど"
最強スキル『爆速レベルアップ』で
成り上がり無双！
俺に湧き出た新たなスキル！
勝利一瞬!!
ハーレム永遠♥
赤川ミカミ
Mikami Akagawa
illust:218
グロムはそれなりに優秀な錬金術士だったが、仲間からは無用扱いされていた。パーティーをぬけ、商売に徹することにした途端、新たなスキルで急成長を遂げる。理解者だった女商人や、優しい女神官、貴族の令嬢たちの美女に囲また新生活は、一転して大成功で!?